原來老外都這麼說！

漫畫圖解英語通

美國人常用
英文會話
超速成！

序

英語學得愈久，會愈想使用困難的單字或文法。可是，日常會話卻是 Simple is best。使用任何人都知道的英語，是成為會話高手的捷徑。

我想你在聽到老外的對話或電影中的對白時，應該會注意到，他們經常巧妙運用各種慣用語。因為使用了慣用語，讓老外的對話顯得簡單明瞭，節奏也變得快速。這種容易記憶又實用的慣用語，當然非用不可。

在本書的課程中，先利用漫畫學習「基本慣用語」，徹底理解之後，再介紹「類似慣用語」，進一步增廣用途。最後，確認慣用語如何運用在實際的會話中。利用此種流程，透過本書就能學會 230 個「陌生慣用語」。

請一邊看著由個性鮮明的人物演出的漫畫，一邊體會如何變得像老外一樣，使用他們會用的慣用語。

總而言之，請試著講看看吧！保證對話會顯得生動活潑，對使用慣用語的你而言，會話也一定會變得更有趣。

Follow your star!（去追逐你的夢想吧！）

David Thayne

登場人物介紹

國外

凱薩琳
暱稱凱特（Kate）。與翔太在同一間公司工作，是一名英國女性，和翔太一起到國外分公司出差，工作能力好，非常優秀。

翔太
正在學英語的上班族，平日的工作態度受到肯定，在期待已久的國外出差期間，努力奮鬥。

史密斯
翔太在國外出差時的同事，個性沉默寡言，卻也有血氣方剛的一面，喜歡挖苦翔太。

山田家

麥可
暱稱麥麥（Mike），寄宿在翔太家的美國人，以英語補習班兼職講師的身分活躍中！？

葵
翔太的妹妹。個性活潑的大學生，其實是一名哥哥控。夢想到美國留學，愛吃美食。

補習班

湯尼
他是麥可在英語補習班的老闆，個性穩重，對於麥可的惡作劇十分頭痛。

約翰
與葵念同一所大學的英國留學生，深受女性歡迎，喜歡葵，卻無法表達自己的心意。

大學

目錄

本書使用方法 ················· 8

················· 10

PART 1
首先只要記住這些！
基本慣用語

21～61

LESSON 1	**Stay out of trouble.** 保重。	22
LESSON 2	**Not again!** 欸？！又來了？	26
LESSON 3	**What's next?** 再來呢？	30
LESSON 4	**What a tragedy!** 怎麼會這樣！	34
LESSON 5	**Leave it to me.** 包在我身上。	38
LESSON 6	**You've lost me.** 你把我弄糊塗了。	42
LESSON 7	**I get the picture.** 原來如此。	46
LESSON 8	**You've got me.** 我輸了。	50
LESSON 9	**That'll be a cold day in hell.** 不可能！	54
LESSON 10	**Keep your shirt on.** 保持冷靜。	58

日常會話中的慣用語 ①   62

PART 2

日常生活中的實用慣用語〈初級〉

63～119

LESSON 1 I've hit a brick wall.
我遇到瓶頸了。 **64**

LESSON 2 I'm all ears.
我有專心聽。 **68**

LESSON 3 I couldn't agree more.
我非常贊成。 **72**

LESSON 4 I'm just pulling your leg.
我是開玩笑的。 **76**

LESSON 5 You're too much.
你太過分了。 **80**

LESSON 6 That was close.
只差一點。 **84**

LESSON 7 I've been there.
我是過來人。 **88**

LESSON 8 Don't go there.
別提這件事。 **92**

LESSON 9 I have butterflies in my stomach.
忐忑不安。 **96**

LESSON 10 Not my cup of tea.
這不是我的菜。 **100**

LESSON 11 What's eating you?
你在煩惱什麼？／怎麼了？ **104**

LESSON 12 Where were we?
我們講到哪裡了？ **108**

LESSON 13 Where's the fire?
急什麼？ **112**

LESSON 14 Are you happy now?
這樣你滿意了吧？ **116**

日常會話中的慣用語 ② **120**

PART 3
日常生活中的
實用慣用語〈進階〉

121～173

LESSON 1 I have too much on my plate.
忙得不可開交。　　　122

LESSON 2 It's no sweat.
不費吹灰之力／小事一件。　　　126

LESSON 3 My boss twisted my arm.
主管強迫我的。　　　130

LESSON 4 It's no skin off my back.
我無所謂。　　　134

LESSON 5 Don't be a wet blanket.
別掃興。　　　138

LESSON 6 You hit the nail right on the head.
真是一針見血。／完全正確！　　　142

LESSON 7 I wasn't born yesterday.
我沒有那麼天真。　　　146

LESSON 8 My sister is the black sheep of my family.
我妹妹是家裡的害群之馬。　　　150

LESSON 9 Speak of the devil.
說曹操曹操就到。　　　154

LESSON 10 Are you up for a movie?
要不要去看電影？　　　158

LESSON 11 I'm on cloud nine.
我開心到要飛上天了。　　　162

LESSON 12 I have better things to do.
我不想去做。　　　166

LESSON 13 Let's keep in touch.
保持聯繫。　　　170

日常會話中的慣用語 ③　　　174

PART **4**

老外會使用的
流行慣用語

175～215

LESSON 1 **I could eat a horse.**
我的肚子好餓。 **176**

LESSON 2 **What do you know?!**
哇，真厲害！ **180**

LESSON 3 **I'm at the end of my rope.**
已經是極限了。 **184**

LESSON 4 **I owe you one.**
謝謝，我欠你一個人情。 **188**

LESSON 5 **Are you with me?**
你懂嗎？ **192**

LESSON 6 **Say no more.**
我瞭解了。 **196**

LESSON 7 **Let it slide.**
隨它去吧。 **200**

LESSON 8 **Show them what you've got.**
加油！ **204**

LESSON 9 **Thanks for the pat on the back.**
謝謝你的鼓勵。 **208**

LESSON 10 **Did you have a ball?**
你玩得盡興嗎？ **212**

索引 –
用中文查詢慣用語 ········ 216

本書使用方法

本書讓你邊看漫畫，邊輕鬆記住老外的慣用語。

使用場合一清二楚！

根據這3種圖示，就能立刻瞭解慣用語的使用場合。

透過漫畫快樂地學習

和書中的角色們一起學習日常生活中慣用語，有趣又能輕鬆記住。

記住在各種場合會使用的表現！

利用各種場合，解說使用關鍵慣用語的情境。同時記住類似表現的「延伸慣用語」，就能拓展會話廣度。

看看哪裡不一樣！

What's next?

再來呢！

和朋友相約卻睡過頭，拼命衝到車站列車卻剛好開走。壞事接踵而來時，會讓人想說出「接下來又會發生什麼事！／別再來了！」這樣的話。使用帶著沉重、覺得倒楣透頂的語氣說出 What's next? 意思是「接下來，會發生比這個更糟的事情嗎？」。

延伸慣用語

What now?

又怎麼了？

進階應用 拓展表現力！

記住在「倒楣透頂」情況下的其他說法

🔒 **I don't think it could get worse.**

饒了我吧！

「我想不到還有比這個更糟的狀況」➡「饒了我吧」。could get worse 的意思是「可能有更糟的事情」，加上 I don't think，就變成「無法變得比現在更糟」的最高級。這是用在發生的事情上而不是對人。

🔒 **I can't get a break!**

不能放過我嗎？

此時的 break 是指 lucky break「幸運」。直譯是「我不能獲得幸運嗎？」大部分是用在對方的言論或行動上，如「別說蠢話了」等。口氣與其說是責怪，倒比較貼近「別再來了」。

增加慣用語的廣度！

介紹與關鍵慣用語有關的其他表現。

瞭解情感的微妙變化！

利用表情符號瞭解是在何種情緒下使用這個慣用語。用兩階段表示各種情感的強烈程度。

高興	困擾、難過	不高興	鼓勵

吃驚	懷疑	得意

以會話形式掌握慣用語！

利用會話範例說明左頁介紹過的慣用語，實際瞭解在哪種時候可以使用該慣用語。

請試著在這種場合使用

I just found out that my bicycle was stolen.

我的腳踏車被偷了。

I have some more bad news.
Your sister is in the hospital.

還有更糟的消息，你妹妹住院了。

This is not my day.

真倒楣啊！

> 會話重點！
> 這句話適合在感嘆令人莫名失望的日子「真倒楣啊」。如果是 This isn't your day. 代表「你今天真是倒楣啊。」適合用感同身受的口吻來表達。

愉快學會單一重點專欄

介紹與關鍵慣用語有關的單一重點專欄。

英語這樣說 介紹與中文之間的有趣差異

Quiz 利用猜謎複習學過的內容

快速記住實用的慣用語 介紹可以用在日常會話中的簡短慣用語

> **英語這樣說**
>
> **接二連三的災難是「傾盆大雨」？！**
>
> **When it rains, it pours.「屋漏偏逢連夜雨」**
>
> 當災難接踵而至時，中文會用成語「屋漏偏逢連夜雨」來表示，英文把接二連三的災難比喻為傾盆大雨。除此之外，還有 Misfortunes seldom come alone.「禍不單行」等說法。

按照情況分類！
立刻能派上用場的 "慣用語"

以下依照各種目的，整理了能立即派上用場的慣用語。這裡列出了在何種場合都可以使用的慣用語範例，請先記住實際遇到該場面時，適合說出哪些慣用語。

打招呼

向對方打招呼時

Hi, there.
嗨！

Good to see you.
很高興見到你。

How are things?
情況如何？

It's been a long time.
好久不見。

Keeping busy?
忙嗎？／景氣如何？

What's new?
有什麼新鮮事嗎？

How's it going?
最近好嗎？　※**男性常用**

Looks like life's treating you well.
你看起來過得不錯。

What have you been up to?
最近過得如何？

Are you headed to work?
你要去上班嗎？

回答對方打招呼時

Not much.
老樣子啊。／馬馬虎虎。

Can't complain.
非常好。／沒什麼可抱怨的。

I'm doing okay.
還可以。

Not bad.
還不錯。

Just getting by.
還過得去。

Hanging there.
還在努力中。

Never been better.
非常好。

Not too bad.
普普通通。

Same as always.
和平常一樣。

It's nice to see you.
很高興見到你。

It's an honor to finally meet you.
很榮幸能和你見面。

這種情況下！

碰到好久不見的朋友…

Good to see you.

Not much.

感　謝

● **受到對方幫助，要表達高興之意時**

It was a big help.

你真是幫了個大忙。

● **對方的幫助非常有用時**

Thank you for helping me out.

謝謝你對我的幫助。

這種情況下！

幫助彌補工作上的錯誤…

Thank you for helping me out.

道　歉

● **嚴重失敗，發自內心道歉時**

Please accept my apology.

非常抱歉。

● **無意間讓對方感到不愉快時**

I really didn't mean that.

我真的沒有惡意。

高 興

● 遇到好事，打從心裡覺得開心時

I'm as pleased as punch.

我非常開心。

● 戀情開花結果，或自己的研究獲得認同時

I've never been happier.

我感到無比幸福。

生 氣

● 受不了噪音或酷熱時

It's driving me crazy.

我要瘋了。

● 對於別人的言行感到不快時

That disgusts me.

令人厭惡。

這種情況下！

受不了酷熱等情況時…

It's driving me crazy.

邀 請

● **邀對方吃晚餐時**

Shall we eat out tonight?
今晚要不要到外面吃？

● **希望對方能無壓力地參加派對時**

Everyone's welcome.
非常歡迎大家光臨。

這種情況下！

想招待朋友參加家庭派對時…

Everyone's welcome.

推 薦

● **想向別人推薦有趣的 DVD 時**

Just trust me and give it a try.
相信我，試試看。

● **向客戶推薦自家產品時**

This is what we recommend.
這是敝公司推薦的商品。

命 令

在重要會議前，想表示「嚴禁遲到」時

Don't be late.

別遲到。

向對方確認3點是最後期限時

Finish this report before 3:00 today.

今天下午3點前要完成這份報告。

拒 絕

明白拒絕邀約，會過於失禮時

I'm afraid I have another appointment.

不好意思，因為我還有別的邀約。

禮貌拒絕對方的邀請時

I'm sorry, but I have to decline this time.

抱歉，請讓我婉拒這次的邀請。

這種情況下！

別人提出一起用餐的邀請…

I'm afraid I have another appointment.

鼓 勵

● 對朝著目標前進的人

Go for it.
加油！

● 想傳達支持對方的心情時

I'll be with you in spirit.
我的心與你同在。

這種情況下！

對努力唸書準備考試的人…

Go for it.

稱 讚

● 想鼓勵努力認真的人

Way to go!
做得好。

● 稱讚創下佳績或成果優異的人

That's really something!
真了不起。

斥　責

🗨 指責對方的言行

This is not permissible.

這是不被允許的事情。

🗨 對方行為不當時

You shouldn't have done that.

你真不應該那樣做。

譴　責

🗨 問題出在對方身上時

That's on you.

這是你的問題。

🗨 對方沒有遵守約定而感到失望時

Why didn't you keep your word?

為什麼你沒有遵守約定？

這種情況下！

對沒有遵守約定的人…

Why didn't you keep your word?

承 諾

被吩咐了某件事時

Understood.
明白了。

指定了時間時

That would be fine with me.
我沒有問題。

這種情況下！

主管吩咐…

Understood.

拜 託

有什麼事要拜託對方時

Could you do me a little favor?
能不能幫我個小忙。

拜託對方方便的話，與她碰面

Could you possibly meet with her?
你方便與她碰面嗎？

催 促

● 確認先前拜託事情狀況

Where are we at with the itinerary?

旅行安排得如何？

● 向派對負責人確認目前狀況時

How's the party planning coming?

派對規劃得如何了？

引 導

● 引導客戶時

Please come this way.

請往這邊走。

● 即使不用引導，仍姑且提議時

If you'd like, I can show you the way.

若您願意的話，我可以引導您。

這種情況下！

引導訪客…

Please come this way.

慶　祝

慶祝高升時

Congratulations on your promotion.

恭喜你高升。

對交出優異成果的人

Your achievement calls for a celebration.

你的業績值得慶祝一下。

這種情況下！

慶祝同事高升…

Congratulations on your promotion.

訂　購

在餐廳點餐時

I'd like to order now.

我想點餐。

使用電子郵件訂購時

Can I order by e-mail?

可以用電子郵件訂購嗎？

PART 1
首先只要記住這些！
基本慣用語

PART 1 整理了要先記住的慣用語。跟著漫畫一起，學習打招呼及坦率表達自我情感的慣用語。

Stay out of trouble.

○ 保重。

✗ 別惹麻煩。

不論哪種情況，平常我們在替別人送行時，總少不了要跟對方說聲「保重」。對方要遠行？還只到附近？請根據實際狀況來運用這句慣用語。

看看哪裡不一樣！

Stay out of trouble.

保重。

外出時，可能遇到狀況或交通事故等各種問題，這句慣用語包含了避開這些情況，祈求「平安回來」的心情。這是對要前往陌生地區或陌生環境的人說的話。直譯是「別捲入麻煩中」，不過意思卻是「保重」，所以也可以說 Keep out of trouble.。

延伸慣用語

Be good.

保重。

直譯是「當個好孩子」。這是父母對著要上學的孩子背影脫口而出的慣用語。有趣的是，這種表現不只用在送孩子上學的情況，對上班或外出的大人也可以使用。不過，不能用在地位較高或外面的人身上。「我出門了」可以用 I'm leaving.。

PART
1

基本慣用語

23

拓展表現力！

進階應用

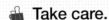

記住「**保重**」
的其他說法

Take care.

路上小心。／保重。

原本的用法是像 Take care when driving.「行車小心」。如果用來表示「保重」的意思時，也含有「再見／珍重」的語氣，是對暫時不會見面的人說的。信件的結尾也常使用這個慣用語。

Have a nice trip.

旅途愉快。

不論是對休長假到國外旅行的人，或要去一天輕旅行的人，老外會說 Have a nice trip.「旅途愉快／玩得開心」。比較時髦的說法是法文 Bon Voyage.「一路順風」也是慣用語。

Have fun, but not too much fun.

玩得開心，但是別玩得太瘋

對即將去旅行或參加派對等場所的人，我們會說 Have fun.「玩得開心」。叮嚀對方在歡樂之餘 not too much fun「別狂歡過頭」，這是比較幽默的說法，會用在家人、朋友、同事上。

請試著在這種場合使用

 Where are you going on vacation?
你要去哪裡渡假？

 I'm going to Paris.
我要去巴黎。

 Have a nice trip.
旅途愉快。

 會話重點！

「（保重）小心安全」除了祈求一路順風，也希望對方有一個愉快的旅行。對搭乘飛機旅行的人，也可以說 Have a nice flight.。聽到這句話的人，別忘了說 Thank you. 感謝對方。

 快速記住實用的慣用語

Be careful.

當心。

在要說出 Take care.「路上小心」的情況，改說 Be careful.，會變成略帶警告的意味「當心／注意」。要穿過陰暗街道回家時，聽到這句話，可能會產生「有什麼東西會出現？」的害怕情緒。

Not again!

○ 欸？！又來了？

✕ 沒有第二次。

連續發生不開心的事情，這句慣用語可以表現出「欸？！又來了？饒了我吧！」的情緒。

Not again!（欸？！又來了？）饒了我吧！

AIRPORT

部長 發生什麼事了？

要一起去出差的人遲到了 那傢伙每一次都…

沒辦法～

我們先出發，請他搭下一班飛機過來吧

這…

為了避免他遲到，我交給他一項重要任務，就是把大家的機票都給他保管…

什麼！

看看哪裡不一樣！

Not again!

欸？！又來了？

遇到令人煩躁，卻又一再發生的事情時，可以使用這句慣用語。一邊盯著手錶，一邊在計程車上坐立難安，可是交通號誌又再次變紅燈…。

這句慣用語表達出來的感覺是 Give me a break .「饒了我吧」。另外，也有「別又失敗」的「教訓」意味。常用的話，可能會讓人覺得你很負面。

延伸慣用語

Don't tell me.

不會吧！

Don't tell me. 除了有「請別告訴我」的意思，也可以用來表示「不會吧！／騙人的吧！」在後面加上其他句子，Don't tell me he is our new boss. 「不會吧！他是我們的新主管？」或者 Don't tell me we're stuck in traffic. 「不會吧！塞車了嗎？」等，表示「不會吧～應該不是這樣吧？」的意思。

記住「欸？！又來了？」的其他說法

🔒 This is a joke, right?

這是開玩笑的吧？

就像當我們感到難以置信時，中文會說「開玩笑的吧！」換句話說，是指「騙人的吧？」You're joking, right? 也有相同含意，但是 This is a joke, right? 感覺比較輕鬆。

🔒 Seriously?

真的假的？

這句慣用語的語氣和中文「真的假的」一樣。千萬別對正在說出重要事情的朋友或在嚴肅的場合使用這句慣用語。這個句子的語氣比較輕挑，萬一弄錯場合，可能會讓人質疑你的本意。

🔒 Are you kidding me?!

你在開玩笑吧？

意思是「別開玩笑／別鬧了」，但是共通的語氣是「不會吧！」雖然有時也會用在「這是騙人的吧！」的搞笑場合，但是若要表達，知道悲慘事實或新聞，不禁脫口而出「不可能／怎麼會…」的時候，就會用這個慣用語。

請試著在這種場合使用

I'm sorry, but we don't have a reservation for you.

很抱歉，我們沒有您的預約記錄。

Seriously?
I made a reservation on the Internet.

真的假的？我有用網路預約啊！

Do you have a reservation number?

請問您有預約代號嗎？

終於抵達飯店，對方卻說沒有預約會下意識說出這句話。或許這是不經意的真心話，但是若沒有按照場合來使用，恐怕會讓人質疑你的修養。

QUIZ

B的態度是？

A：Can I borrow your car?　B：Not again!

① 又來了？饒了我吧！。　② 下不為例。

Not again! 含有「饒了我吧」與「別又失敗」等兩種意思。A 提出「可以把車借給我嗎？」的請求，B 以吃過苦頭的態度回答對方。

[答案]：①

29

What's next?

○ 再來呢！

✕ 接下來是？

際遇不佳、運氣不好、沒有心想事成、發生意料之外的事情時，不禁想脫口而出的話，就可以使用這句慣用語。

看看哪裡不一樣！

What's next?

再來呢！

和朋友相約卻睡過頭，拼命衝到車站列車卻剛好開走。壞事接踵而來時，會讓人想說出「接下來又會發生什麼事！／別再來了！」這樣的話。使用帶著沉重、覺得倒楣透頂的語氣說出 What's next? 意思是「接下來，會發生比這個更糟的事情嗎？」。

延伸慣用語

What now?

又怎麼了？

才剛幫忙善後的對象又帶來壞消息。此時，會想說出 What kind of bad news do you have now?「這次你又帶來什麼壞消息？」此時，使用 What now?「這次又怎麼了？」可以將你受夠了的情緒傳達給對方。

拓展表現力！

進階應用

記住在「倒楣透頂」情況下的其他說法

🔊 I don't think it could get worse.

饒了我吧！

「我想不到還有比這個更糟的狀況」➡「饒了我吧」。could get worse 的意思是「可能有更糟的事情」，加上 I don't think，就變成「無法變得比現在更糟」的最高級。這是用在發生的事情上而不是對人。

🔊 I can't get a break!

不能放過我嗎？

此時的 break 是指 lucky break「幸運」。直譯是「我不能獲得幸運嗎？」大部分是用在對方的言論或行動上，如「別說蠢話了」等。口氣與其說是責怪，倒比較貼近「別再來了」。

🔊 This is not my day.

真倒楣啊。

This is not my lucky day.「今天不是我的幸運日」➡「真倒楣啊」。有時會想口語一點，說成 This isn't ～，但是這種情況一定要說 This is not ～。語氣沒有「今天真是倒楣透頂」這麼強烈，比較接近「無可奈何」。

請試著在這種場合使用

I just found out that my bicycle was stolen.

我的腳踏車被偷了。

I have some more bad news.
Your sister is in the hospital.

還有更糟的消息，你妹妹住院了。

This is not my day.

真倒楣啊！

會話重點！

這句話適合在感嘆令人莫名失望的日子「真倒楣啊」。如果是This isn't your day.代表「你今天真是倒楣啊。」適合用感同身受的口吻來表達。

英語這樣說

接二連三的災難是「傾盆大雨」？！

When it rains, it pours.「屋漏偏逢連夜雨」

當災難接踵而至時，中文會用成語「屋漏偏逢連夜雨」來表示，英文把接二連三的災難比喻為傾盆大雨。除此之外，還有 Misfortunes seldom come alone.「禍不單行」等說法。

What a tragedy!
○ 怎麼會這樣！
△ 真是悲劇！

在日常生活中看到小「悲劇」降臨時，老外會脫口而出的慣用語就是這句。

看看哪裡不一樣！

What a tragedy!

怎麼會這樣！

tragedy「悲劇」接二連三。看到《羅密歐與茱麗葉》這種真正的悲劇也會用 What a tragedy!。不過，平常也會發生如因為人群擁擠而打翻飲料之類的小悲劇，這種情況也會脫口說出這句話，這是比較文雅的說法。

延伸慣用語

That sucks.

糟透了。

這是年輕人的慣用語，這裡的 suck 是「火大／不愉快」的意思。That sucks. 是對某件事表示拒絕。雖然並非絕對，但是請盡量避免在商務場合或對長輩、主管使用。That movie sucks.「那部電影糟透了！」也可以像這樣改變主詞來運用。

記住「怎麼會這樣！」的其他說法

📖 I hate it when that happens.

我討厭遇到這種事！

聽到朋友說出討厭的經驗時，就適合使用這句慣用語。直譯是「發生這種事時，（我）覺得很討厭／不喜歡這種事」➡「遇到這種事情很討厭對吧！」向對方表示同情。

📖 I can't imagine it.

我無法想像。

字面上的意思是「無法想像／意想不到」，尤其會用在感到驚訝的情況。聽到對方說的內容，會用這句慣用語來回覆，卻不見得都是用在負面情況。「世上沒有了遊戲，你覺得會怎樣？」對於這種問題，也可以使用這句慣用語來回答。

📖 That's a stroke of bad luck.

這真是一場災難。

a stroke 的意思是「打擊／瞬間發生的事情」。與 What bad luck. 同義，語氣是「這真是一場災難／真不走運」。只在運氣不好或突然遇到事故時，才會使用這句慣用語。相反地，That's a stroke of (good) luck. 的意思是「太幸運了」。

請試著在這種場合使用

 I spilled coffee on my new notebook.
我把咖啡潑在新的筆記型電腦上。

 I hate it when that happens.
我討厭遇到這種事！

 I guess I'll have to buy a new one.
我勢必要買台新筆電了。

有時我們會看到因為發生「什麼！怎麼會這樣。」的事情，而感到沮喪的人。此時，請用「我討厭遇到這種事！」以感同身受的說法，讓對方的心情變好。

 What is the great tragedy here? 的意思是？

① 真是糟糕的事情啊。
② 沒什麼大不了。

「大悲劇」反過來是「沒什麼大不了」的意思。遺憾的是，當你沮喪的時候，這麼說的朋友或許根本不瞭解你的悲傷或痛苦。

[答案]：②

37

Leave it to me.

O 包在我身上。

✗ 把它留給我。

「該怎麼辦？」、「該由誰來判斷？」如果不決定，就無法繼續下去。這句慣用語能有效打破僵局。

看看哪裡不一樣！

Leave it to me.

包在我身上！

leave 除了有「離開／留下」，還有「交給／委託」的意思。Leave it to me. 的意思是「包在我身上！」舉手說「我！」想表示「小事一樁，包在我身上！」的時候，建議使用這個慣用語。雖然是命令句卻沒有命令的語氣，是可以使用在各種場合的慣用語。

▶ 延伸慣用語

This is my baby.

這是我的責任。

直譯是「這是我的小孩。」從中衍生出「因此我自己換尿片」➡「這是我的責任」的意思。中文比較不習慣這種表現方法，但是這句慣用語也常用在商務場合上。相對來說，如果想說「這是你的責任，所以交給你來負責。」會變成 This is your baby.。

進階應用 拓展表現力！

記住「包在我身上！」的其他說法

I'll handle it.

我來處理。

這句慣用語的語氣是「交給我吧」，而 handle 有「處理」的意思。同事遇到困難，或大家都遇到狀況時，以「這件事就由我來處理」的感覺來使用這句慣用語。同樣地，也可以說 I'll take care of it.。

You can count on me.

你可以放心依靠我。

當朋友或同事一臉煩惱，似乎有事情要找你商量時，會想仔細聽他訴苦吧！這句慣用語最適合用在欣然答應對方請求的情況。如果你做得到，向對方說「你可以放心依靠我。」對方一定會鬆了一口氣。

I got this!

小事一件

在「交給我！」的說法中，有時也包括「我試試看」及「小事一件！」的意思。這句慣用語屬於後者，口氣較為輕鬆，所以有些場合可能會被認為是輕易承諾，請依照場合，妥善運用。

請試著在這種場合使用

 Can someone move these boxes for me?
有誰可以幫我搬這個箱子？

 I have some free time. I'll handle it.
我有時間，我來處理。

 Thanks. That's a big help.
謝謝你，真是幫了我大忙。

會話重點！ 被別人拜託時，會想盡量幫忙。此時，容易下意識説出 Okay. 來結束對話，但是向對方表示「這件事由我來做。」對方一定會覺得更放心。

 **（　　）內要填入的慣用語是？**

It's (　　　) to you.
由你決定。

要交給對方處理時，也可以説 I'll leave it to you.，不過也可以使用 It's up to you.。好比有人約看電影時，回答對方「看哪一部都可以，由你決定。」這類的情境就很適合使用這種説法。

[答案]：up

41

You've lost me.
○ 你把我弄糊塗了。

× 你弄丟我了

有時我們會聽不懂對方說的內容,雖然不想打斷卻又必須明確告訴對方時,可以使用這句坦率的慣用語。

看看哪裡不一樣！

You've lost me.

你把我弄糊塗了。

明明聽不懂你（對方）的說明的人是我，為什麼會變成 You've lost me.「你弄丟我了」？這是讓人覺得不可思議的慣用語。該慣用語含有「因為你不斷往前走」的意思。雖然有傷腦筋、困惑的情緒，卻沒有認為是自己不好的感覺。

延伸慣用語

I'm a bit confused.

我愈來愈糊塗了。

明明努力聆聽對方說的話，卻漸漸跟不上。這與暗示是對方造成混淆的 You've lost me . 不同，I'm a bit confused. 認為混亂的是自己，而沒有指責對方的語氣。重點在於主詞的選擇。因為主詞是 I「我」，所以不會引起別人的反感。

拓展表現力！

進階應用

記住「你把我弄糊塗了」
的其他說法

Could you slow down a little?

你可以說得慢一點嗎？

聽不懂的原因有幾個。這種情況表示問題出在對方說話的速度。請向對方說「你可以說得慢一點？」委婉表達自己聽不懂。

That's over my head.

愈來愈不懂了。

head 這個字的意思是「頭腦／智商」，含有「超過我的智商等級」➡「我無法理解」的意思。主詞不是 you，意指「不是你的責任，原因出在我身上。」是不會造成對方壓力的慣用語。

I'm in the dark.

我完全不懂。

只要想像身處黑暗中的狀態，就能瞭解前進有多困難。換句話說，就是指「不懂」或「完全不懂」。這句慣用語也有責任在自己的語氣。另外，dark 的後面加上 about～，有「針對～完全不知道」的意思。

44

PART 1

基本慣用語

請試著在這種場合使用

Did you understand Sam's explanation?

山姆的說明你聽懂了嗎？

No, it was really hard.

嗯，真的很難懂。

Yeah, it was over my head.

啊，我也聽不懂。

會話重點！

這句慣用語傳達了，山姆的說明超過自己的理解能力，說的事情太遙遠，讓人不知所措。有著對自己無法理解而感到遺憾的情緒。

快速記住實用的慣用語

Should I go back to the start?

何不回到起點（談話的開頭）？

在對話途中，對方說出 You've lost me.「我聽不懂」。如果對方不瞭解，回答 Should I go back to the start?，先回到起點，比較親切吧！

45

I get the picture.

○ 原來如此。

✗ 我拿到一幅畫。

仔細聽完對方的說明或談話，當對方問起「你覺得如何？」由衷感到認同，表示「原來如此」時，可以使用這句回答。

看看哪裡不一樣！

I get the picture.

原來如此

這是一邊聽對方說話，一邊表達自己「認同」的慣用語。這裡的 picture 是「整個影像」的意思。就像聽到對方說的內容，最初不懂但是在腦中畫出各個部分，最後完成一幅畫。這和從對方的話裡靈光一閃般「瞬間理解」的意思不同。

（延伸慣用語）

It's starting to make sense.

逐漸懂了。

這裡的 it 是指「（對方的）說明」或「言論」等。make sense 是「合理／合乎邏輯」的意思。由於使用的是 be 動詞＋～ing 進行式，因此變成「你的說明逐漸有頭緒／逐漸合乎邏輯」，因此「整合腦中的片段理解」➡「原來如此」。

拓展表現力！

記住「原來如此」的其他說法

I get your point.

我明白你的意思，但是⋯。

point 的意思是「主張／論點」，get one's point 代表「瞭解對方說的事情」，但是究竟認不認同，其實非常微妙。請先記住，這句慣用語帶有 I get your point, but ～「雖然瞭解，但是～」的語氣。

I see what you mean.

原來如此，我懂了。

聽到對方說的內容，I see. 基本上是附和的意思。這裡的 see 是「認同」，語氣是「認同你說的意思」➡「原來如此，是這麼一回是啊」。但是，連續附和，可能會被認為沒有認真聽。

● 認同程度

弱	☑ It doesn't make sense. 無法認同。
↓	☑ I get your point. 雖然瞭解你說的意思，但是⋯。
	☑ I see what you mean. 原來如此，我懂了。
強	☑ That makes sense. 所言甚是。

請試著在這種場合使用

 We can leave at 3:30, can't we?
我們 3 點半出發，如何？

. . . .

 No, it takes two hours to get to the airport, so we need to leave at 2:30.
不，到機場要 2 個小時，所以我們必須 2 點半出發。

. . . .

 Oh, I see what you mean.
喔！原來如此，我知道了。

 會話重點！ 這是瞭解了對方言論的慣用語。與 I see, I see「嗯嗯」單純附和不同，認同對方的說明時，請冷靜看著對方的雙眼，同時表示認同。

英語這樣說

用小鳥玩具拍照？

Watch the birdie.「來，看這邊」

拍照時，一般會說 Say cheese!「好，笑一個！」但是以前的照相館會拿著小鳥玩具，吸引小孩的注意再拍照，所以會說 Watch the birdie.「來，看這邊」。

You've got me.

○ 我輸了。

✕ 你抓到我了。

我們有時會在腦中閃過「喔，可能輸了。」的念頭。在玩遊戲、討論事情或或聽到有趣的笑話時，可能會喃喃自語地說出這句話。

看看哪裡不一樣！

You've got me.

我輸了。

You've got me. 是「承認對方説的內容或勝利」➡「承認自己輸了」的慣用語，含有「如你所説／你贏了／戳到痛處」等意思。另外，在回覆中，也具有感到傷腦筋「不懂／不知道」的意思。究竟是指哪個意思，請依照當時的狀況、語調、表情來判斷。

延伸慣用語

I didn't see that coming.

沒料到會這樣。

彷彿一顆球突然飛過來，沒想到從那裡會飛來一顆球。感到「嚇一跳」。遭遇到意料之外的事情（something unexpected）時，會使用這句慣用語。像是拿到意想不到的禮物而被別人調侃等，不論好事或壞事都可以使用。含有「竟然可以這樣／沒想到會這樣」的語氣。

進階應用 拓展表現力！

記住「我輸了」情況下的其他說法

👍 You win.

你贏了(=我輸了)。

遊戲常出現 You win.「你贏了」及 You lose.「你輸了」。除了遊戲之外，像打架或辯論等與勝負有關時，也會使用這種說法。就算尚未分出勝負，說出 You win. It's over.，就表示想要停止爭鬥。

👍 I didn't think about that.

我沒想到這一點（我輸了）。

這是遇到自己完全沒有想到的點子或聽到與自己截然不同的觀點時，表示「我萬萬沒想到／沒思考過這件事」的慣用語。這裡有「我輸了」的情緒，因而不得不認同對方。

👍 What do I do now?

我該怎麼辦？

這句慣用語雖然不到「我輸了！」的程度，卻有著「這樣恐怕沒有辦法了／我可能輸了，所以只能放棄」的語氣。可以用來表示「下台」退出，能使用在各種場合。

請試著在這種場合使用

 What?! Why are you still here?

怎麼了？你為什麼還在這裡？

 I overslept. What do I do now?

我睡過頭了，怎麼辦？

 You'll just have to call a taxi.

你只能搭計程車了。

 會話重點！

從睡過頭這個事實可以瞭解，已經超過時間了。當你從驚嚇中回神，要表現出「啊！事已至此，只好這樣。」的放棄心情，非常適合使用這個慣用語。

 快速記住實用的慣用語

I've got you.

耶，嚇到了嗎？（嚇到了吧？）

將 You've got me.「我輸了」的主詞與受詞對調，變成 I've got you. 會變成「耶，嚇到了嗎？（嚇到了吧？）」。也可以用在騙了某個人時，對一臉正經的對方說出 I've got you.「耶，你上當了！」

That'll be a cold day in hell.

⭕ 不可能！

❌ 這會是地獄中的一個寒冷日子。

聽到意料之外的請求時，會不經意脫口而出「不可能！」這句慣用語可以明確傳達這種驚訝與拒絕的情緒。

54

看看哪裡不一樣！

That'll be a cold day in hell.

不可能！

因為「水深火熱的地獄」這句話，地獄之火永遠燒著，所以不可能有寒冷的日子。a cold day in hell「地獄的寒冷日子」用來表示非常不合理，幾乎無法達成的事情。想強硬拒絕對方的請求或邀請時，可以使用這句帶著「別開完笑了／絕對不行」憤怒語氣的慣用語。

延伸慣用語

In your dreams.

你作夢！

想對開心做著白日夢的人表示「不可能！」的時候，使用 Impossible! 過於露骨，In your dreams. 是比較幽默的說法。意思是「在你夢裡」➡「現實生活中絕對不會發生／不可能，死心吧！」若說成 Only in your dreams.，更加強了不切實際的程度。

55

進階應用 拓展表現力！

記住「不可能！」的其他說法

That's impossible!

不合理。／這不可能。

面對難題，覺得「這不可能（辦不到）」時，可以使用這句慣用語。或者也能用在看見驚人場景，感到「不可置信」的情況。如果是 Nothing is impossible.，會變成「凡事都有可能」，是充滿希望的慣用語。

Not happening!

不可能！／騙人的吧？／不會吧！

Not happening! 是當別人詢問「可以先幫我做這件事嗎？」的時候，回答 I'm so busy, so it's not happening!「我很忙，這種事不會發生」➡「不可能！」。也可以用來表示「騙人的吧？／不會吧！」的意思。

Forget it!

休想！

拒絕對方的請求，回答「休想」時，或受到對方感謝，表示「不客氣、別在意」時，還有對荒謬的計畫明白説出「別想了（不可能）」時，都可以使用 Forget it! 這句慣用語。

請試著在這種場合使用

Look! I got this backpack for 20 dollars.

你看！這個背包是我用 20 美元買到的喔！

That's impossible!
I paid 150 dollars for the same one.

不可能！同一個背包我花了 150 美元耶！

Seriously?

真的假的？

相較於 I can't believe that.「不敢相信」，This's impossible!「這不可能／絕對不會」是排除主觀，傳達強烈否定意味的慣用語。

請依照可能性高低排序！

① maybe　② perhaps　③ possibly　④ probably

詢問主管 Are we going to get a raise?「會加薪嗎？」如果對方回答 Probably.，表示「幾乎確定」，Perhaps. 的可能性是 20～30%，Maybe. 是中間值，會不會加薪很難說，若是 Possibly.，可能性將低於 20%。

不加薪！

[答案]：④→①→②→③

57

Keep your shirt on.

○ 保持冷靜。

✕ 穿著你的襯衫。

在忙碌的現代社會，到處都看得到心浮氣躁、不耐煩的人。此時，請記住這句「請冷靜下來」可以掌控現場的慣用語。

看看哪裡不一樣！

Keep your shirt on.

保持冷靜。

在西部片中，兩人要開始打架時，常會看到脫掉衣服的場景。聽說當時是為了避免昂貴的衣服被撕破或拉壞，因此脫掉衣服就變成表示「開打！」的訊號。Keep your shirt on. 這句慣用語有阻止對方動手的意思，可以用在心浮氣躁的人身上。

延伸慣用語

Don't lose your cool.

別激動，冷靜下來。

cool 是名詞，有「穩定／冷靜」的意思。lose one's cool 是「喪失冷靜／失去理智」，而 Don't lose your cool. 是「別激動，冷靜下來／別暴動」。Keep cool. 意思也一樣。如果是 He lost his cool.，就變成「他很憤怒」。由於這種說法不太正式，不適合用在長輩、主管或商務場合。

進階應用 拓展表現力！

記住「保持冷靜」的其他說法

🔒 **Calm down and count to ten.**

請慢慢數到 10。

「請慢慢數到 10（在過程中，就會平息憤怒吧）。」生氣之前，先深呼吸並數數，這一點任何地方的文化都一樣。這是媽媽常對孩子說的慣用語。當然，請避免對長輩或主管使用這句慣用語。

🔒 **Don't have a fit.**

別這麼生氣。

fit 在醫學用語中是「發作」的意思，與「情緒爆發」有關，因此引申成「別生氣」的意思。對於生氣的人，表示「冷靜一點，別激動」。這是上對下的說法，使用時，請注意場合。

🔒 **Don't go postal.**

別抓狂。

這是約 10 年前出現的俚語。自從美國發生在郵局掃射造成多人死傷的槍擊案件之後，就把 go postal「變成郵局的狀態」➡當作「抓狂」的意思來使用。

請試著在這種場合使用

I need to go to the bank.

我必須去一趟銀行。

Are you really going to leave me alone here?!

你真的想把我一個人留在這裡？！

Don't have a fit. I'll be back in five minutes.

別這麼生氣啦，我5分鐘後就回來了。

會話重點！ 因為一點小事被怪罪，只能安撫對方。雖然可以説 Don't have a fit.「哎呀，別這麼生氣。」對方卻可能更生氣，所以要特別注意。

英語這樣說

給我襯衫的人是好人？

He would give you the shirt off his back.「他是一個好人」

即使身上只有一件襯衫，而且還是僅存的衣物，卻把它送給你。He would give you the shirt off his back.「他會連（僅存的）襯衫，都脫下來給你」➡這種人絕對是「好人」。

日常會話中實用的
成語慣用語 ①

大部分的成語與我們的生活有著密不可分的關係。在多數情況中，社會的真理及人類的心理沒有地域國家之分，鼓勵的話也一樣。

場景 1

I'm anxious about tomorrow's presentation.
我很擔心明天的簡報。

No pain, no gain.
「不入虎穴，焉得虎子。」

意思是「如果想獲得什麼，就得冒著一定的風險／沒有痛苦（pain），就沒有獲得（gain）」。和聖經中的 Ask, and it shall be given you.「凡祈求的，就得著」一樣，代表「要先起而行」。

場景 2

Do you think I should continue to try?
你認為我該繼續嘗試下去嗎？

Where there's a will, there's a way.
「有志者事竟成。」

這和中文的名言「精誠所至，金石為開」一樣，代表「集中精神去做，沒有做不到的事情」，是非常強而有力的一句話。可以使用在各種場合，對於意氣風發的人，表示鼓勵，對於軟弱的人，表示「加油」之意。

PART 2
日常生活中的
實用慣用語〈初級〉

PART 2 將介紹商務及休閒場合的慣用語。每一句慣用語都是由大家熟悉的單字組成,你一定可以立刻學會!

I've hit a brick wall.

○ 我遇到瓶頸了。

✕ 我撞到磚牆了。

不論在日常生活或商務場合，都會出現無法解決難題的情況。此時，若要沉穩、不帶情緒、冷靜地說明現況，就可以使用這句慣用語。

看看哪裡不一樣！

I've hit a brick wall.

我遇到瓶頸了。

遇到陷入困難狀態，無法打破僵局時，中文也會用「撞牆」來形容。hit「撞上」堅硬、無法輕易打倒的 a brick wall「磚牆」，很難往前進➡用來表示「遇到瓶頸」的狀態。另外，使用現在完成式 I've（= I have），代表過去一直陷入這種狀態，至今仍持續。

━━━━━━━━ 延伸慣用語 ━━━━━━━━

I'm between a rock and a hard place.

我進退兩難。

假設對方問到專案的執行狀態，面臨「進退兩難」的狀況時就可以使用這句慣用語。不是表示「撞牆」的動作，而是表示「被夾在岩石（rock）堅硬處（hard place）」的狀態，亦即陷入無法前進或後退，動彈不得的困難之中。

拓展表現力！

記住「**遇到瓶頸**」情境下
的其他說法

I'm bogged down.

我陷入困境。

bog 是名詞「(泥沼」，動詞是「陷入泥沼」。而 bog down 是陷入泥沼，身體逐漸往下沉。最後，當然無法移動，呈現動彈不得的狀態。這是日常會話或商務場合都會用到的慣用語。

The talks came to a standstill.

討論陷入瓶頸。

「停止討論／停滯不前」，亦即「陷入瓶頸」。主詞不是「人」而是 the talks 或 project 等。無法繼續前進，代表「在原地踏步」，因此也可以使用在「交通堵塞／經濟停滯」等情況。

I'm at a dead end.

我遇到瓶頸。

dead end 是「死路」的意思，表示已經無法繼續前進。換句話說，代表「不曉得自己該怎麼辦」。如果是 dead-end，會變成形容詞「沒有前途／僵局」。

請試著在這種場合使用

 What's wrong? You look really sad.
發生什麼事了？你看起來很難過。

 I have a big problem at work.
I'm bogged down.
我在工作上遇到問題，陷入困境。

 Oh, no. Tell me what's happening.
喔，怎麼會這樣，告訴我發生什麼事了。

會話重點！ 對於愁容滿面的人，最好詢問對方原因，別只問「為什麼你一臉悲傷？」最重要的是，要讓對方知道你很關心他。

英語這樣說

馬鈴薯是麻煩？

It's a hot potato.「麻煩的問題／燙手山芋」

丟出熱呼呼的馬鈴薯，接到的人因為太燙，而無法放在手上。覺得「燙燙燙」，想傳給別人，卻沒有人願意接手。因此衍生成「麻煩的問題／難題」。

I'm all ears.

○ 我有專心聽。

✕ 我全都是耳朵。

明明有專心聽對方講話，有時仍會被反問「你有認真聽嗎？」這句慣用語能消除對方不安的情緒，不用擔心了。

看看哪裡不一樣！

I'm all ears.

我有專心聽。

「全身都是耳朵」➡「我有專心聽」。被問到「你在聽嗎？」正好可以使用這句慣用語。另外，當對方問「有件趣事，你要聽嗎？」也可以回答 I'm all ears.「說來聽聽」，向對方表達自己感興趣。這是用在休閒場合，不適合嚴肅的談話。

延伸慣用語

I hear you loud and clear.

我有認真聽。

I hear you loud and clear. 原本是機長透過無線電聯絡事情時，向對方表示「沒有雜訊，聽得很清楚」。原本是確認聲音與明不明白的慣用語，但是現在卻常用來表示「我有認真聽。」或聽到說明的狀況後，回答「我瞭解狀況了」。

拓展表現力！

進階應用

記住「我有專心聽」的其他說法

👍 **I'm wide awake.**

我非常清醒，請繼續說。

當我們愈拼命說明某件事時，會愈在意對方的反應。因此，被問到「你在聽嗎？」請回答 I'm wide awake.「我睜大眼睛，非常清醒」➡「我在認真聽」。

👍 **I'm listening.**

我有認真聽。

針對 Are you listening to me?「你真的在聽嗎？」回答 Yes, I'm listening.「我有認真聽（所以如果有想說的事情，就說出來）」是很自然的用法。此時，若在 I'm listening. 加上 to you，可能會露出稍微不耐煩的感覺。

👍 **I'm hanging on to your every word.**

我打算一字不漏地聽下去。

hang on to ～「抓住～／抱住不放」除了像木頭、屋頂這種「東西」之外，也可以用在思想、原則等「非生物」上，是非常實用的慣用語。「緊緊抓住你的每句話」➡「一字不漏，洗耳恭聽」。

請試著在這種場合使用

 Huh? What did you say?

蛤？你說什麼？

 Were you asleep?

你睡著了嗎？

 No, I'm wide awake.

沒有，我非常清醒，請繼續說。

> **會話重點！**
>
> 雖然覺得不能打瞌睡，有時仍會被瞌睡蟲襲擊。即便覺得自己已經閉上眼睛，仍要強調「睜著眼睛」➡「我有在聽」，避免傷害對方。

 **快速記住實用的慣用語**

He's all talk.

光說不練。

就像 I'm all ears.〈主詞＋ be 動詞＋ all ～〉變成「全都是～」。He's all talk. 的意思是「光說不練」，有點負面的說法。如果是 He's all work.，表示「他全都是工作」➡「不玩樂的人」。

I couldn't agree more.

○ 我非常贊成。

✕ 我不能同意你更多。

雖然，使用 I agree.「贊成」也能表達認同，但是語言也有表情，假如要表達非常贊成時，使用這句慣用語比較適合。

看看哪裡不一樣！

I couldn't agree more.

我非常贊成。

只聽到 couldn't agree 可能會心急地認為「對方反對嗎？」couldn't 不是 can't 的過去式，而是表示「即使想～但是可能無法」的假定用法。agree 之後的 more 也是重點，表現出「無法更贊成了」➡「非常贊成」的積極態度。利用否定式，加強「同意」的想法。

·············· 延伸慣用語 ··············

I'm all for that.

我非常贊成。

介系詞 for「為了～」也有「贊成～」的意思。例如，I'm for that. 表示「贊成」，若要表達十分同意可以加上 all，變成 I'm all for that.「非常贊成」，能簡單明確傳達自己的想法。若要表示反對，可以說 I'm against that.「我反對」。

73

拓展表現力！

記住「**我非常贊成**」的其他說法

👍 I'm convinced.

我相信。

convince 的意思是「（根據說明等）使認同／相信」，所以 I'm convinced. 代表「我相信」。這句慣用語比 I see. 更具說服力，也常用在商務會議上。

👍 You've got my vote.

我投你一票。／我很贊成。

中文也會說「我投你一票」，意思是一樣的。「你得到我的一票」➡「我非常贊成／支持你說的事情」，語氣比較輕鬆。在朋友提出不錯的提議時，可以使用這句慣用語。

👍 Amen!

非常贊成！

如你所知，Amen 是祈禱之後說的一句希伯來語。事實上，這個單字也有「同意／贊成」的意思。或者也可以說 Amen to that!。使用這種與宗教有關的慣用語時，必須特別謹慎，最好用在和朋友聊天的輕鬆場合。

PART 2

日常生活中的實用慣用語〈初級〉

請試著在這種場合使用

We have too much to do today.
我們今天有很多事情要處理。

I know.
How about canceling the museum trip?
對啊！要不要取消博物館之行？

You've got my vote.
我非常贊成。

會話
重點！
如果贊成對方的提議，就投下贊成票。投下一票，代表贊成的意思，這點與中文的想法一樣。如果在商務場合，要表示非常贊成，也可以使用 I couldn't agree more.。

英語這樣說

勢利者坐在圍牆上？

He likes to sit on the fence.「搖擺不定」

評估局勢，打算投靠對自己有利的一方，這種「牆頭草」稱作 fence-sitter。同樣地，He likes to sit on the fence.「他正坐在圍牆上（觀察局勢）」➡「搖擺不定」也可以這樣用。

75

I'm just pulling your leg.

○ 我是開玩笑的。

✕ 我只是拉你的腳而已。

我們常遇到，明明聊的很開心，卻因為一句話，讓氣氛變僵的情況。這句「開玩笑的」是可以讓局面不要更惡化的慣用語。

看看哪裡不一樣！

I'm just pulling your leg.

PART 2 日常生活中的實用慣用語〈初級〉

我是開玩笑的。

pulling one's leg. 不是嫉妒別人成功或要阻擾別人「扯後腿」，而是「說笑／戲弄」的意思。沒有惡意，是對好友說的話，意思是「我是開玩笑的」。Stop pulling my leg.「別開玩笑了」或 You're pulling my leg, right?「你是開玩笑的吧？」也可以這樣用。

延伸慣用語

I'm just yanking your chain.

我是開玩笑的。

散步途中，小狗想往前跑飼主用力拉住鍊子，可以說 yank someone's chain。但是這句慣用語和 I'm just joking.「說笑／戲弄／騙人」一樣。yank one's chain 有著惹火對方，等著看好戲，帶點壞心眼的語氣，所以請只用在好朋友身上。

拓展表現力！

進階應用

記住「**我是開玩笑的**」的其他說法

👍 I'm just playing with you.

我只是開個玩笑而已。

這句慣用語是「欸，你當真了？」當對方對自己開的玩笑信以為真時，慌忙向對方解釋，也可以只說 Just joking.。

👍 I'm just poking fun at you.

我只不過在戲弄你。

poke fun at 的意思和 tease「戲弄」一樣，但是就算是「戲弄」，語氣和「嘲笑／取笑」不同。這句慣用語的語氣比較像是上對下，與鬧著玩的天真態度不一樣。因為是俚語，所以要特別注意使用對象。

● 開玩笑的程度

弱	☑ **I'm just playing with you.** 我只是開個玩笑而已。
↓	☑ **I'm just poking fun at you.** 我只不過在戲弄你。
強	☑ **I'm just teasing you.** 我只不過在戲弄你。

請試著在這種場合使用

I drank your coffee.
我把你的咖啡喝掉了。

What?
什麼？

I'm just playing with you.
I put it on your desk.

我只是開個玩笑而已，我放在你的桌上了。

> **會話重點！** 即使只想開個小玩笑，如果對方聽不懂就會引發問題。可能被認為是霸凌，為了避免造成這種誤會，請立刻說出實情。

( ) 內要填入的慣用語是？

( ) a leg!「祝你幸運」

　①Pray　②Break

和 Good luck! 一樣，Break a leg! 也可以用來表示「祝你幸運！」直譯是「打斷腳！」說法很恐怖，其實這是適合用來傳達祈求對方成功時的慣用語。

[答案]：②

PART 2 日常生活中的實用慣用語〈初級〉

You're too much.

○ 你太過分了。

✗ 你太多。

有些人雖然沒有惡意，但是言行卻有點過分。想要表達說話或行為舉止令人無法忍受時，可以使用這句慣用語。

看看哪裡不一樣！

You're too much.

你太過分了。

More than enough is too much. 「凡事適可而止」，這是對逾越社會規範的人說的話，帶有「不要太過分」的語氣。但是，如果要表示對方的玩笑「讓我笑出來」時，就會變成「非常有趣」的意思，話裡沒有責備的語氣。建議在朋友之間使用。

延伸慣用語

That's enough.

鉤了。

Thanks. That's enough. 這句慣用語可以用在，回答「謝謝，已經夠了。」媽媽斥責惡作劇的小孩「（不要太過分）夠了！」以及對於無止盡的批評與玩笑，表示「夠了，給我停止」等各種況。請根據對方的語氣與表情，確認是用在何種情況。

進階應用 ↗ 拓展表現力！

記住「你太過分了」的其他說法

🔖 **Let's take it down a notch.**

好了好了。／夠了夠了。

take ～ down a notch 的意思是「降低一級」。對方過於亢奮、非常煩人時，「請把激動的程度降低一級。」➡「好了好了／夠了夠了」。這是用有點上對下的態度，向對方說的一句話。

🔖 **You're going too far.**

你太過分了。

go too far 是指「走太遠」➡「超過限度或常識的範圍」。不只行動，也可以在開玩笑或毒舌等情況。如果是現在正在走遠，可以說 You're going too far.。對於習慣性出現激烈行為的團體，可以使用現在式 They go too far.「他們太過分了。」

🔖 **Oh, stop it!**

又來了～。

這是表示就算開玩笑，也不會過頭的慣用語。受到恭維時，不僅會感到開心，有時也會覺得不好意思。以「（這件事）別說了」的語氣，表示拒絕，是比較溫和的一句話，加上 Oh, 更是如此。關鍵在要溫和地說出來。

請試著在這種場合使用

 You're going to marry me, aren't you?
要不要和我結婚？

 Oh, stop it!
又來了～。

 With my looks and your brains, we'd have great kids.
憑我的長相和你的頭腦，一定可以生出很優秀的小孩。

會話
重點！
Stop it! 會隨著語氣而變成非常強勢的句子。當被別人求婚，想以「你在戲弄我吧？／開玩笑的吧」來推辭的話，請加上 Oh, 委婉地拒絕吧！

英語這樣說　　注意別過度！！

Overdone is worse than undone.「過猶不及」

如同「過猶不及」這句話，一旦逾越分際，就會受到警告，這是社會上的常理。而這句慣用語很適合用來說明此種情況。假如覺得過度，可以使用 I went too far.「我做得太過分了／我說得太過分了」，別忘了要加上 I'm sorry.

That was close.

○ 只差一點

✕ 很近。

努力的人不見得都會成功。想鼓勵對方「即使這次不成功，下次一定還有機會！」時，可以使用這句慣用語。

看看哪裡不一樣！

That was close.

只差一點。

這裡的 close 是形容詞，意思是「近的／接近的」。例如，聽到學生的答案，與其指責 Your answer was wrong.，倒不如表示「好可惜」，期待對方下次繼續努力。這句話的意思是，接近正確答案或目標，能讓人對未來產生期望。另外，也可以用在正好避開危險，表示「好險！」的情況。

······· 延伸慣用語 ·······

Better luck next time.

祝你下次更順利。

這句話是對於沒有順利達到目的而感到沮喪的人說的。Better luck next time.「下次的運氣會更好」是對可惜這次失敗的人說的話，意思是「下次一定會順利／好可惜喔！但是下次還有機會／加油」。別只是口頭說說，要真誠表達出來，這點很重要。

記住「只差一點」的其他說法

You missed by an inch.

就差那麼一點點了。

直譯是「只差一英吋」，這是「幾乎要成功了，真的很可惜。」的肯定語氣。與用否定式表示「不順利」，使用這句慣用語比較容易被對方接受，可以使用在任何場合。

Good try.

你做得很好了。

try 是「嘗試／試圖」，表示「你已經很努力，非常可惜」的意思。這是對試圖努力結果沒有成功的人表達這不是失敗，聲援對方繼續努力、傳達關心之意的慣用語。或者也可以說 You should be proud of yourself.「你很努力了」。

You almost made it!

真可惜！

直譯是「你幾乎已經完成了」。即使沒有完成是事實，但是 almost make it 能表現「還差一點」的惋惜情緒。在前面加上 Wow.，會變成「你已經很努力了，實在很可惜」。若加上 How sad.，就是「很遺憾，就差一點點」。

請試著在這種場合使用

 Has the bus already left?
公車跑掉了嗎？

 I'm afraid so. You almost made it.
真可惜，只差一點就趕上了！

 Oh, no!
喔，怎麼會這樣！

 會話重點！

只說「跑掉了」，感覺語氣有點冷淡。可以用I'm afraid so.表達遺憾的情緒，再用You almost made it.表現肯定的態度，向對方傳達溫暖的關懷之意。

 快速記住實用的慣用語

You made it !
你做到了！

即使意思同樣是「遺憾」，最好盡量選用排除負面語氣比較正面的慣用語。You made it !「你做到了！」與You almost made it !「真可惜！」的語氣非常類似。

I've been there.

○ 我是過來人。

✕ 我曾去過那裡。

聽到朋友遇到的痛苦事情與經驗，想要表達「我懂，我懂，我也體會過。」深有同感時，可以使用這句慣用語。

看看哪裡不一樣！

I've been there.

我是過來人。

這句慣用語中，原本代表「曾經去過那裡」的 there，變成體驗過的場面或狀況時，就會引申成「已經體驗過」的意思，「所以我很瞭解你的心情」。I really understand your situation. 是瞭解對方的情況，但是不確定自己是否也曾體驗過。

───────── 延伸慣用語 ─────────

I've been down that road.

我曾經做過。

這是 I've been down that road and it didn't take me where I wanted to go. 的省略說法。I've been down that road.「我走過那條路」是表示「我曾經做過」的經驗。「但是，可惜那條路沒有到達我想要去的地方」➡「沒有成功」。

拓展表現力！

記住「我是過來人」
的其他說法

We're in the same boat.

我也有過那種經驗。

因為遇到困難，而「搭乘同一條船」時，就會變成「大家都是命運共同體／相同遭遇」。對於順勢說出「其實我一直都是單戀」的對象，使用這句慣用語時，代表「我也有相同的經驗」。

I know all about that.

我都瞭解（因為經歷過）。

all about 是「關於～全都」的慣用語。「關於那件事，我都瞭解」➡ 含有「不用說也沒關係」的語氣。對煩惱著無人瞭解自己的人說出這句話，就能讓對方放心。

Don't teach your grandmother to suck eggs.

別班門弄斧。

suck egg「吸出蛋的內容物」代表「偷蛋」。「別教你阿嬤偷蛋的方法」是「刻意給有豐富經驗者忠告」➡「別班門弄斧」。這不是向對方表示同情，而是「不用說我也知道」的意思。

PART 2 日常生活中的實用慣用語〈初級〉

 請試著在這種場合使用

 My boss is so mean to me.
我的主管對我非常不好。

 We're in the same boat.
我也有過這種經驗。

 Your boss is mean too?
你的主管也很壞心嗎？

 會話重點！

當我們聽到別人的煩惱或痛苦經驗，有時會忍不住想提供建議。可是，如果覺得分享心情、表達感同身受的態度比較重要，就請使用這句慣用語。

 （　　）內要填入的慣用語是？

Been（　　　）, done that.
我已經聊過了，但是…

向陷入困境的朋友提議，但是對方表示「雖然已經談過（卻沒有任何幫助）…」這裡的 there 不是代表場所的「在那裡」，而是自己已經體驗過的事情。

[答案]：there

91

Lesson 8

Don't go there.

○ 別提這件事。

✗ 不要去那裡。

當提到不想聊的部分，或出現不想在這裡說的話題時，可以使用這句不會過於直接的慣用語。

💡看看哪裡不一樣！

Don't go there.

別提這件事。

開心聊天時，對方突然說 Don't go there.，千萬別回答「那裡是哪裡？」這裡的 there「那裡」是指「不想提及的話題」，所以意思是「在這裡別提到這件事」。希望對方停止別再說的時候，請說 Don't even go there.

············ 延伸慣用語 ⬆ ············

Let's not open a can of worms.

複雜的事情就別說了。

當面對困難一群朋友聚在一起商量時，有人提出「對了，我們去找大衛商量看看？」但是這位大衛卻是 a can of worms「一罐蟲」，打開時蟲子就會跑出來，讓事情變得愈來愈複雜。「一罐蟲」➡因為「難題／有點複雜的問題」而「讓事情變得更複雜」。

93

進階應用 拓展表現力！

記住「**別提這件事**」的其他說法

👍 We better not touch that.

最好別再提了。

touch 含有「接觸（話題）／提及」的意思。這句話的意思是「最好別接觸這個話題」，語氣是「最好別再提了」。以 you 為主詞，會變成帶有命令的口吻，將主詞改成 we 的語氣比較緩和。

👍 That's off topic.

先別討論這個話題吧！

「離開／跳過／不包含 這個話題（主題）」➡變成「先別討論這個話題吧！」另外，That's off the table. 也有相同意思。這裡的 table 是指 negotiation table「談判桌」。現在不見得只使用在交涉上。

👍 Let's not play with fire.

別再提了。

with fire 是指「拿火來玩／做危險的事情」。所以「討論這件事很危險」➡變成「別再提了」。

PART **2** 日常生活中的實用慣用語〈初級〉

請試著在這種場合使用

Jack suddenly yelled at me for no reason.
傑克突然沒來由地對我吼叫。

What?! I'm going to tell him to keep quiet.
什麼？！我去叫他安靜一點。

No, please don't. Let's not play with fire.
不，拜託不用，別再提了。

會話
重點！
對方可能是心情不好吧！對於突然毫無理由咆哮的人，可能無法講道理。雖然朋友是一番好意，但是今天還讓對方冷靜一下比較好，此時就可以使用這句慣用語。

> ### Don't even try.
> 不可能吧！

Don't even try. 是「連嘗試都別嘗試」 ➡ 變成「不可能吧」的意思。假設前輩對打算獨立創業的你説 Don't even try.，其實是勸你「打消念頭吧」。

I have butterflies in my stomach.

○ 忐忑不安。

✕ 有蝴蝶在我的胃裡。

約會時，在心愛的情人面前，心裡感到忐忑不安、七上八下。此時，為了不讓對方擔心，說出這句話一定會稍微放鬆一點。

96

看看哪裡不一樣！

I have butterflies in my stomach.

忐忑不安。

胃裡有好幾隻蝴蝶（butterflies），實在非比尋常。光這樣就足以表現坐立難安的緊張情緒。我們在平常的生活中，常會碰到許多很緊張的情況。若想傳達略微緊張的情緒時，不論私人或商務場合都可以使用這個慣用語。但是相較之下，比較適合女性用。

延伸慣用語

I'm like a cat on a hot tin roof.

坐立難安。

I'm like a cat on a hot tin roof. 是「我現在像是在滾燙鐵皮屋頂上的貓」，like a cat on a hot tin roof 也是「坐立難安，心神不寧」的意思，但還帶有「提心吊膽」的害怕情緒。例如，與總經理面談之前，在會議室內坐立難安。這句話很適合用在有點緊張的情況。

97

拓展表現力！

進階應用

記住在「忐忑不安」情境下的其他說法

🔖 **My heart skipped a beat.**

我心小鹿亂撞。

這是用來表現不是因為害怕的不安，而是興奮感讓心砰砰跳。此外，也可以表示「（看到優質商品）感到心跳加速／變快」的意思。

🔖 **I got the collywobbles.**

我無法冷靜下來。

collywobbles 是「腹痛／胃痛／緊張感／害怕」。get the collywobbles 是面臨重要場合或挑戰新事物時，會感到胃痛的感覺。與「小鹿亂撞／心動不已」的感覺正好相反。

🔖 **I was a little flustered.**

我只是有點慌張。

be flustered 是用來表示「心煩意亂／思緒紊亂」。加上 a little，變成「有點緊張／略微混亂」的意思，含有「沒那麼嚴重」的語氣，也適合用來表示「著急～」。

98

請試著在這種場合使用

I sat next to Lady Gaga on the plane yesterday.

昨天在飛機上，女神卡卡坐在我旁邊。

Really? How was it?

真的嗎？如何呢？

I was a little flustered.

我只是有點慌張。

會話重點！
突然遇到不尋常的事情時，會感到慌張、不安…但是過了一下子之後，「慌張」的情緒就會冷靜下來。這種心情最適合使用be flustered來表達。

英語這樣說

蝴蝶展翅會讓世界振動？！

butterfly effect「蝴蝶效應」

butterfly effect 比 ripple effect「漣漪效應／連鎖反應」更強大。「遠在世界另一端的蝴蝶拍動翅膀，卻引起極大的影響」➡「剛開始沒有想到的小差異，卻帶來嚴重的後果」的意思。

Lesson 10

Not my cup of tea.

○ 這不是我的菜。

✕ 不是我的紅茶。

愉快聊天的訣竅之一，就是討論彼此的興趣或互相邀約，而且使用委婉的語氣，不要太直接會更好。

💡看看哪裡不一樣!

Not my cup of tea.

這不是我的菜。

這是 It's not my cup of tea. 的簡稱,原本是英式英語,但是美國人也常掛在嘴邊。對紅茶很講究的英國人而言,my cup of tea 是「符合喜好/興趣的事情」。當別人提出邀請,與其用 I don't like ~「我不喜歡~」來拒絕,倒不如用 To be honest, not my cup of tea.「其實我不感興趣/不是我喜歡的」,語氣比較緩和。

╌╌╌╌╌╌ **延伸慣用語** ⬆ ╌╌╌╌╌╌

That's not my thing.

我對這件事沒興趣。

我們很容易不小心就翻譯成「這不是我的東西」,但是這裡的 thing 是指「喜愛的事情/擅長的事情」,意思是「這不是我想做的事情」。詢問對方的興趣時,與 What's your hobby? 相比,老外比較常說 What's your thing? 回答 My thing is skiing.「我的興趣是滑雪」就可以了。

拓展表現力！

記住「這不是我的菜」的其他說法

👍 It doesn't tickle my fancy.

我不感興趣。

tickle 是「搔癢／滿足」的意思，所以「無法滿足我的喜好」➡ 變成「不感興趣」。英國人比美國人更常使用 fancy「愛好／嗜好」這個字，這是有點裝腔作勢的慣用語。

👍 That's not for me.

不適合我。

意思是「不適合我」，並沒有非常討厭，但是卻有著「總覺得不喜歡／不擅長」的感覺。可以用在自己不喜歡或不擅長的事情。

● 喜好、興趣的否定程度

弱	☑ It doesn't float my boat. 我沒興趣。
	☑ It doesn't tickle my fancy. 我不感興趣。
強	☑ That's not for me. 不適合我。

請試著在這種場合使用

 How about going to the opera tonight?
今晚要不要去聽歌劇？

Actually, that's not for me.
欸～，那不適合我耶。

 You don't like opera?
你不喜歡歌劇嗎？

 會話重點！
有時雖然拒絕別人的邀約，卻很難開口說 don't like「討厭」。此時，使用表示「我不感興趣。」的慣用語，就不會否定邀請者，比較圓滑。

 英語這樣說

中英通用的慣用語

He's my type.「他是我的菜」

雖然有很多像 naive 這種被誤用的英語（➡ P147），但是也有通用的。「他是我的菜」直接說 He's my type.，如果不是，則可以說 He's not my type.。

Lesson 11

What's eating you?

○ 你在煩惱什麼？／怎麼了？

✕ 什麼東西正在吃你？

朋友的樣子和平常不一樣時，會令人非常擔心。想不著痕跡地詢問對方「怎麼了？」就可以使用這句慣用語。

看看哪裡不一樣！

What's eating you?

你在煩惱什麼？／怎麼了？

《戀戀情深》這部電影是在描述面對家庭問題痛苦掙扎的青年，原文是 What's Eating Gilbert Grape?「什麼事困擾著 Gilbert Grape?」這裡的 eat 不是「吃」，而是「使困擾／使煩惱」的意思。換句話說，這句慣用語是在詢問「什麼事在困擾你？／怎麼了」。

⋯⋯⋯⋯⋯⋯ 延伸慣用語 ⋯⋯⋯⋯⋯⋯

Who rained on your parade?

因何生氣？

直譯是「誰在你遊行時，降下一場雨？」parade 有「歡樂的事情／豪華的聚會」等意思，這裡的下雨有「潑水」的意味。當然會因此被激怒，所以「誰讓你生氣了？」引申成「因何生氣？」若是 Someone rained on his parade.，會變成「有人惹他生氣」。

進階應用 拓展表現力！

記住「你在煩惱什麼？／怎麼了？」的其他說法

👍 Why the long face?

為什麼愁眉苦臉？

這是將 Why do you have a long face? 縮短後的慣用語。long face 除了有字面上「長馬臉」之外，還有「愁眉苦臉／一臉憂鬱」的意思。這句詢問「愁眉苦臉原因」的慣用語，語氣偏上對下。請記住 Why the long face? 是慣用語，冠詞是 the。

👍 Who burst your bubble?

是誰潑你冷水？

bubble「泡泡」代表「即使不可能實現，但是光想就很快樂的夢想或希望」。「是誰把你的泡泡弄破？」➡「是誰潑你冷水？」

👍 What's bugging you?

怎麼了？

名詞 bug 的意思是「蟲」，這裡當作動詞，就有「讓人心煩／煩惱」的意思。直譯是「什麼事讓你心煩？」➡「怎麼了」What's annoying you? 的用法也一樣。這是不論任何場合，都可以用在任何人身上的慣用語。

PART **2**

日常生活中的實用慣用語〈初級〉

請試著在這種場合使用

Why the long face?
為什麼愁眉苦臉？

My luggage got lost at the airport.
我的行李在機場弄丟了。

Oh, no! That's tough.
喔，不！那樣很麻煩耶。

會話
重點！

當你詢問對方「愁眉苦臉」的原因時，如果十分強勢，對方或許會覺得有壓力。此時，請以關心對方的態度，詢問 Why the long face?。

英語這樣說

吃掉臭味的東西是消臭？！

odor eater「除臭劑」

odor eater 是「吃掉臭味的東西」➡「除臭劑」，as- eater car 是「吃掉瓦斯的車」➡「耗油的車子」。像這樣，可以用〈eat「吃」＋ er〉表示人或物。其他還有不斷消耗電腦記憶體的軟體稱作 memory eater。

Where were we?

○ 我們講到哪裡了？

△ 我們在哪裡？

「咦？」、「欸，你說什麼？」要用英語表達這種類似自言自語的說法，其實一點都不容易。不過這是會話中一定會出現的說法，請務必先記住。

108

看看哪裡不一樣！

Where were we?

我們講到哪裡了？

難得聊的正起勁，卻因為一點干擾而中斷對話。礙事的人事消失，終於可以繼續聊天，卻忘記説到哪裡。此時，想問「我們在哪裡？」➡「我們講到哪裡了？」最適合的慣用語，就是 Where were we?，這是會話中常用的句子。

········· 延伸慣用語 ·········

Bear with me.

請等我一下。

bear 有「忍耐／忍受」的意思，I can't bear this noise. 就變成「我無法忍受這種噪音」。聊天時，因為某種原因而中斷對話，當對方説出 Bear with me.，意思是「不要離開我，等我一下」。上台簡報時，瀏覽資料之後卻不曉得講到哪一頁時，也適合使用這句慣用語。

109

記住「我們講到哪裡了？」的其他說法

🧳 I lost my train of thought.

我忘了我剛才在講什麼。

這句慣用語是「忘記在想什麼」的意思，不只用在説話，也能用在思考事情時。train of thought 不是「思考的火車」，而是「連續／連接成一個」的意思，用來表示説話或思考的過程。這是可以用在任何場景或任何人的慣用語。

🧳 You were saying?

可以稍微重複一下嗎？／請繼續。

You were saying 的後面省略了 what，這是表現「欸，你剛才在講什麼？我有點不懂，可以重複一下嗎？」的慣用語。另外，也可以用在對停下來不説話的人，提醒對方「請繼續」接著説下去。

🧳 What were we talking about?

我們講到哪裡？

我們在講話的過程中，常會出現問自己「在説什麼呢？」的情況，想起來之後，請説出 Oh, Yes.「啊，對了」再繼續説下去。如果自己離題了，也可以説 Sorry, I got off track.「抱歉，我有點離題了。」

請試著在這種場合使用

Well, I saw Jane yesterday and we⋯

昨天我和珍碰面，然後我們兩個人⋯。

Jane? Really? Where?

珍？真的嗎？在哪裡？

Ximending⋯ and⋯ What were we talking about?

在西門町。然後⋯咦，我講到哪裡了？

會話重點！

在講話中途突然被打斷，忘記講到哪裡時不要慌張，請説出這句話。雖然聽起來像是自言自語，但是主詞改成we，就會變成在詢問對方。

（　　　）內要填入的慣用語是？

He (　　　　).「他很健忘」

① **is forgetful**　　② **forgets**

I forgot.「我忘了」的 forgot 是「我忘了，但是現在想起來了」的意思，如果「現在沒有想起來」，要用 forget，「健忘」是使用 forgetful。若是 He's forgetful. 是「他很健忘」。

[答案]：①

Where's the fire?

○ 急什麼？

✕ 哪裡火災了？

任何事如果講話過於直接，會讓人覺得刻薄。這是略帶挖苦語氣詢問慌張者的慣用語。

看看哪裡不一樣！

Where's the fire?

急什麼？

接獲火警通報的消防車，會因為發生火災而鳴笛急著趕到現場。Where's the fire? 直譯是「火災在哪裡？」原本是取締超速的警察充滿諷刺意味的口頭禪，「急什麼？」的意思。這也可以讓在壅塞道路上想推開別人往前進者，略微冷靜的一句話。

······ 延伸慣用語 ······

Who set your pants on fire?

什麼事這麼急？

Set ～ on fire 是「在～點火」的意思，直譯是「誰在你的褲子上點火？」褲子被點火之後，一定會拼命想要滅火。「火燒屁股」➡「慌張著急」，對慌張的人詢問「什麼事這麼急？」含有一點點批判的意味。

進階應用 拓展表現力！

記住「急什麼？」的其他說法

Take your time.

別慌張。

「（不用著急沒關係）還有時間，慢慢來。」這一句話對急著想完成事情的人而言，是非常體貼的語氣。意思是「請依照你的步調，別勉強自己，加油。」對任何人都可以使用，能穩定對方的心情。

What's the rush?

什麼事這麼著急？

這是很老外的慣用語。這裡的「什麼事這麼著急？」是 There's no need to rush.「不需要這麼急」的意思，重點在變成疑問句。利用這種方式，轉換為對方著想的語氣。

Hold your horses.

別慌張。

這是很像西部片中的美國人會說的一句慣用語。直譯是「控制住你的馬」，從控制嘶吼不安的馬，衍生出勸告對方「別慌張／別這麼亢奮」的意思。聽到這句話的人，可能會感覺是上對下的態度。

請試著在這種場合使用

Hey, what's the rush?
嗨，什麼事這麼著急？

I have to catch the 7:40 train.
我一定要趕上7點40分的電車才行。

Wow, run!
哇～，快跑～！

會話重點！
不慌不忙地詢問著急的人 Why are you in a hurry?，對方根本聽不下去。請以簡短的句子來詢問對方。這句話也可以用在不期待對方的答案時。

快速記住實用的慣用語

He's on fire.
他充滿幹勁。／他的狀態絕佳。

如果是 The building is on fire!，意思是「大樓著火了！」但是人類也會燃燒。He's on fire. 是「充滿幹勁。／他的狀態絕佳」的意思，代表燃起熱情的火焰。

Are you happy now?

○ 這樣你滿意了吧？

✕ 現在幸福嗎？

對於毫不在乎做出蠻橫不講理事情的人，就算認真抱怨也沒用。想要表達強烈諷刺意味時，可以使用這句慣用語。

看看哪裡不一樣！

Are you happy now?

這樣你滿意了吧？

我們會想對似乎很幸福的人說 Are you happy?，但是加上 now，就變成一句帶有諷刺意味的話。例如，明明說過不行，卻還想勉強打開，結果把箱子弄壞的人，我們會說「看吧，我就說不行了」這句話帶有強烈的諷刺語氣，意思是「這樣你滿意了吧？／這樣你高興了吧？」。

延伸慣用語

Look what you did now.

你真的做了。

Look what you did. 是「你看看你做了什麼事」➡意思是「面對你自己做的事情，給我好好反省」，尤其父母會對孩子使用這句慣用語。在最後加上 now，語氣就會改變。對於忽視忠告或警告的朋友，以帶有諷刺的語氣說出 Look what you did now.「你真的做了」。

拓展表現力！

記住「這樣你滿意了吧？」的其他說法

You really did it now.

你真的做了。

如果是 You really did it.，那是「真棒／很厲害」稱讚對方。但是加上 now 則變成諷刺對方「你真的做了／完蛋了」。請記住，now 除了「現在」，還有其他的意思。

Are you proud of yourself?

這樣你滿意了嗎？

直譯是「你為自己感到驕傲嗎？」這是幾乎不會用來稱讚別人，而是帶有諷刺語氣的慣用語。就像是，不顧別人的忠告或反對執意做了某件事，結果讓大家很失望，就會說出「這樣你滿意了嗎？」

Well, thank you very much.

真會給人添麻煩。

Thank you very much. 是感謝對方的說法，但是加上 well，語氣就會改變。感謝的句子也會隨著用法，而變成「非常困擾」的諷刺意思。「因為～的關係，而承受無妄之災」想表達這種嘲諷意味時，就會使用這句話。

請試著在這種場合使用

 Don't open that window! You'll break it.
別打開那扇窗戶！你會弄壞的。

 Don't worry. Oh, no! It's cracked.
別擔心，啊，糟了！裂開了。

 Well, thank you very much.
真會給人添麻煩。

會話重點！ 「我不是説過了嗎！」雖然有這種情緒，卻不是在責罵對方。但是，無法默不吭聲時，只要冷靜、緩緩説出這句話，諷刺效果就非常明顯。

 快速記住實用的慣用語

It's satisfactory.
啊，還算滿意。

satisfactory「令人滿意的」的程度其實並非「心滿意足」，只是「尚可，差強人意」而已。看完向朋友借的書説出 It's satisfactory.，意思是「啊，還算滿意」，但不是非常滿意。令人滿意最好的説法是清楚表現個人想法的句子，如 I really love it.

成語慣用語 ②

成語大部分都是用來警惕人類的怠惰情緒，檢討易陷入的弱點或習性。其中，可能因為國情不同，而出現意思一樣，解釋卻完全相反的情況。

場景 1

> I'd like to learn calligraphy, flute and…
> 我想學習書法、長笛，還有…

> If you run after two hares, you will catch neither.
> 「一心二用將一事無成」。

這是勸諫「做任何事情，如果太貪心，終將一事無成。」與這句成語恰好相反的是「一石二鳥」Kill two birds with one stone.。

場景 2

> I'm going to quit my job next month.
> 下個月我要辭職。

> Again?! A rolling stone gathers no moss. Good luck!
> 又來了！「滾石不生苔」，加油！

東方人將「滾石不生苔」用在「一直改變的人或事，無法累積經驗」的負面意思上，但是美國人對於積極追求變化的態度十分推崇，因此他們是以正面的語氣來使用這句慣用語。

PART 3
日常生活中的
實用慣用語〈進階〉

在 PART 3 中，會出現比 PART 2 多一點延伸應用。這些全都是很
實用的慣用語，牢牢記住可以增加你的對話廣度。請務必注意與直
譯的差別！

I have too much on my plate.

○ 忙得不可開交。

✕ 我的盤子上堆積如山。

當對方提出希望你幫忙分擔工作或協助料理的要求時，即使內心想幫忙，卻因為太忙而愛莫能助。想委婉表達自己的狀況並拒絕時，可以使用這句慣用語。

聯絡客戶，整理報告，製作會議資料…

暈—

I have too much on my plate!
（實在忙得不可開交！）

史密斯應該和我一樣忙，他卻很淡定…

啧？

偷看。

!!

原來是安靜的慌張…

慌張的方式也很強勢
不愧是史密斯！！

你在笑什麼
快點工作

看看哪裡不一樣！

• I have too much on my plate.

忙得不可開交。

這句慣用語會讓人眼前浮現出盤子上有一堆食物的景象。可是，這是「工作堆積如山」➡代表「非常忙碌」的狀態。I'm busy. 會清楚顯露出「因為我很忙，所以不行」的拒絕態度，不過上面的慣用語能冷靜傳達自己的狀態，希望對方瞭解。

······· 延伸慣用語 ·······

• I'm buried in work.

因為工作而動彈不得。

be buried in ～是「被～埋葬／淹沒」，身體無法動彈的狀態。如果是 be buried in work，代表被工作淹沒而失去自由。如果更忙一點，就是 I'm buried up to my neck in work.。強調工作非常忙碌，好像淹沒到脖子，連微幅移動都不行，把身心都完全塞滿的狀態傳達給對方。

進階應用 拓展表現力！

記住「忙得不可開交」的其他說法

I'm kind of busy now.

我現在很忙（怎麼辦呢）。

加上 kind of ～可以緩和 busy 的表現。此時，不是「有點忙碌！」而是變成「我很忙，怎麼辦…」的客氣語氣。這是委婉拒絕對方的慣用語。

I'm all tied up now.

現在無法抽身。

直譯是「現在完全被綁住了」亦即「無法抽身」。拿掉 all，會變成略微減少忙碌程度的冷靜慣用語。也可以使用相同語氣的 My hands are kind of full.「我有點忙」。

I don't even have time to think right now.

現在連思考的時間都沒有。

加上 even 是「連思考的時間都沒有」，這是強調自己沒時間的慣用語。別人拜託幫忙某件事時，這樣回答，對方可能認為自己剝奪了那個人的時間。因此，請先記住，這是沒有商量餘地的回答。

請試著在這種場合使用

Could you help me out?

可以幫我一下嗎？

Sorry, but I'm all tied up now.
But I'll be free from 3:00.

抱歉，我現在無法抽身。但是 3 點後就有空了。

Oh, thanks.

好，謝謝。

 對方開口要求幫忙時，假如現在沒空但是之後可以幫忙時，只要告訴對方何時有空，就能讓對方鬆一口氣。

 （　　）內要填入的慣用語是？

I'm so busy my (　　　) is spinning.

忙到暈頭轉向。

中文會用「暈頭轉向」來形容非常忙碌的狀態，英文的說法是 I'm so busy my head is spinning.。其他類似的慣用語還有 I'll take any help I can get.「十分忙碌」等。

[答案]：head

It's no sweat.

○ 不費吹灰之力／小事一件。

✕ 沒有汗。

帶著不安情緒來拜託你或提出問題的人,聽到你回答「沒問題,不費吹灰之力」,一定會鬆一口氣。請用積極的說法讓對方安心吧!

看看哪裡不一樣！

It's no sweat.

不費吹灰之力／小事一件。

欣然接受別人的請求時可以使用這句慣用語，表現出積極的態度。It's no sweat.「不費吹灰之力／小事一件」是表現出為對方著想的想法「不是什麼大事，請放心」。意思是，困難的工作或粗活會讓人流汗，但是這件事很簡單，連汗都不會冒。

········· 延伸慣用語 ·········

It's a piece of cake.

易如反掌。

中文會用「易如反掌」來比喻事情非常簡單，就像把手掌翻過來一樣。相對應的英文是 a piece of cake「一塊蛋糕」，意指「簡單的／輕鬆的工作」。

127

進階應用 拓展表現力！

記住「不費吹灰之力／小事一件」的其他說法

It's child's play.

再簡單不過。

兒童覺得非常困難的遊戲，大人卻能輕鬆完成。對前來拜託的對象這麼說，對方或許會覺得鬆了一口氣，但是對於「真的做得到嗎」一臉不安的朋友回答這句慣用語，對方可能會認為你沒有認真看待他的不安情緒。

That's a walk in the park.

任何人都做得到。／超簡單的！

與馬拉松相比，在公園散步的難度非常低。這句慣用語是「就像在公園散步」➡意思是「任何人都做得到，非常簡單」。It's child's play. 同樣是「超簡單！」最好避免對年長者這麼說。

I can do that with my eyes closed.

閉著眼睛都做得到。

站在跨過深谷的繩索上閉著眼睛走過去，根本不是普通人能做到的。所以如果連普通人閉著眼睛都能做到的事，代表事情一定很簡單。但是對於辛苦才能完成的人這麼說，會被認為不夠體貼，請特別注意。

請試著在這種場合使用

Do you know how to use this program?
你知道如何使用這個程式嗎？

No, I don't. I heard it's really hard to use.
嗯，不知道。我聽說這個使用起來很困難。

Actually, it's child's play.
其實，非常簡單喔。

如果是「兒童的遊戲」一定很簡單，但是簡不簡單每個人的判斷標準不同。回答時，請避免使用把對方當笨蛋的語調及態度。

QUIZ
（　　）內要填入的慣用語是？

Don't (　　　) the small stuff.「不要太執著」

① sweat　　② tear

sweat「汗水」含有「辛苦／努力」的意思，（）內填入的是動詞。動詞的 sweat 有「擔心／煩惱」的意思。所以意思是「別為小事擔憂／不要太執著」。

[答案]：①

My boss twisted my arm.

○ 主管強迫我的。

✕ 主管扭轉了我的手臂。

「我並不喜歡。」如果是被迫，就必須徹底溝通清楚。這個慣用語發揮了 twist 擁有的語感。

看看哪裡不一樣！

My boss twisted my arm.

主管強迫我的。

這是從動詞 twist「扭轉」衍生出來的慣用語。被別人扭轉上臂，剝奪自由，衍生出「強迫」之意。當自己不認同時，可以使用這句慣用語，但是若別人邀約「今天要不要去喝一杯？」回答 If you twist my arm. 會變成「沒辦法，既然你這麼說的話」，在這種情況下，沒有強迫的意味。

········· 延伸慣用語 ·········

My boss put the screws to me.

主管對我施壓。

直譯是「我被主管鎖上螺絲」，這裡的 screw 不是指一般的螺絲，而是 thumb screw。同事詢問「你連續加班好幾天，怎麼了？」回答「主管施壓…（所以不得已只能加班）」的時候，這句慣用語正好能傳達這種無奈。

拓展表現力！

記住「被強迫的」情境下的其他說法

🗂 **He pressured me into it.**

他強迫我這麼做。

意思是「因為他的壓力而被迫去做。」由於有負面的感覺，所以主詞最好避免使用 you，以免直接挑明是對方。當主詞變成第三人稱，即使是主管或年長者，也可以使用這句慣用語。

🗂 **He coerced me into it.**

他逼迫我這麼做。

coerce 是具有「逼迫／強迫去做～／強制」意思的動詞。Coerce ～ into 除了「逼迫」之外，也帶有「操弄」的意味。主要是「被強迫去做不想做的事情」，所以只有負面意思，不挑使用對象。

● **強制的程度**

弱 ↓ 強	☑ **He talked me into it.** 我似乎被他說服了。
	☑ **He pressured me into it.** 他強迫我這麼做。
	☑ **He coerced me into it.** 他逼迫我這麼做。

PART **3** 日常生活中的實用慣用語〈進階〉

請試著在這種場合使用

I had to take George to the airport.
我必須帶喬治到機場。

What? You skipped work for that?
什麼？所以你要為了這件事翹班嗎？

Yeah, he pressured me into it.
是啊！他強迫我這麼做。

> **會話重點！** 「沒辦法，無可奈何」是找藉口的語氣，所以不論哪種情況，都不見得能獲得對方的信任。因此，請用在可信賴的朋友與家人之間。

英語這樣說

並非社會工作者！

volunteer「志工／志願」

Volunteer 是 I volunteered at the nursing home.。這不光是指「我在老人官網上，從事志工活動。」等社會服務，徵求專案負責人時，也可以使用 Are there any volunteers for this project?。

It's no skin off my back.

○ 我無所謂。

✕ 我的背連一塊皮都不會掉。

這句慣用語是用在要向對方表示，不論你說什麼我完全不痛不癢的時候。

134

看看哪裡不一樣！

It's no skin off my back.

我無所謂。

這句慣用語原本是 It's no skin off my nose.，直譯是「我的鼻子連一塊皮都不會掉。」這句話是源自於拳擊。因為對方的拳頭根本沒有揮到自己，自己連鼻子的皮都不會掉，意思是「無所謂」。現在一般比較常用的是 back「背」。不適合用在長輩、主管或商務場合。

延伸慣用語

It's neither here nor there for me.

無關緊要。

直譯是「對我而言，不在這裡也不在那裡。」意思是「無關緊要」。由於「無所謂／不關我的事」，因此含有「不感興趣」的語感。對於沒有價值的人也可以說 She's neither here nor there.「她是無關緊要的人」。

拓展表現力！

記住「我無所謂」的其他說法

🔖 **That's the least of my worries.**

這種事情我完全不在意。

least 是 little 的最高級，這句話直譯是「在我的『許多』煩惱中，這是最小的。」當被問到「那件事如何？不擔心嗎？」回答「有很多事比這件更令人擔心，這種擔心不算什麼／不用擔心」的意思。

🔖 **Big deal.**

有什麼了不起。

big deal 含有「重要的事情／了不起」的意思，但也具有「誇張」的意思。Big deal.「有什麼了不起」這句話帶有諷刺的意味，語氣和 I don't care at all.「我一點也不在乎」一樣。

🔖 **I couldn't care less.**

無所謂。

直譯是「我不能擔心少一點」➡「最高級的不在意」，表示對某人／某事的關心已經少到不能再少，亦即「無所謂／不關我的事」。由於這句話表現出「完全不當一回事」的感覺，因此可能會冒犯對方。

136

請試著在這種場合使用

Is Jack here?
傑克在嗎？

He said he doesn't want to spend time with us.
他說他不想跟我們一起。

Well, I couldn't care less.
好吧，無所謂。

會話重點！ 對於不關心自己的人表示「他怎麼想都無所謂」，一副不在乎的樣子，其實是很在意的，含有「我才厭厭他呢」的意思。

(　　) 內要填入的慣用語是？

You have a (　　　) skin.「臉皮薄」

① thin ② thick

skin 也有「皮」的意思，You have a thin skin.「你有薄的皮」➡「臉皮薄」。另外，You need to have a thick skin. 是「你的臉皮要厚一點。」的意思。

[答案]：①

137

Don't be a wet blanket.

○ 別掃興。

✕ 不要做濕毯子

有些人不會看臉色。如果要教訓當大家聊得正起勁卻出來掃興的人,非常適合使用這句慣用語。

看看哪裡不一樣！

Don't be a wet blanket.

別掃興。

在熊熊火焰上覆蓋弄濕的毛毯是滅火的良方。肩負起滅火責任的濕毛毯（wet blan-ket）也會破壞熱鬧的氣氛，或對大家認真執行的計畫潑冷水，也可以用在掃興的人身上。「現在別提這種事／別掃興」是適合朋友之間的輕鬆表現。

・・・・・・・・・・・・ 延伸慣用語 ・・・・・・・・・・・・

Don't be a party pooper.

別這麼掃興啦！

a party pooper 的意思是「不會察言觀色的人／白目的人」，有這種人參加，派對就熱鬧不起來。如果是 He's a party pooper.，意思是「他一來就不好玩了。」因此上面這句慣用語的意思是「別成為這種 party pooper」。附帶一提，poo 是指便便。這是用在好友之間的輕鬆語氣。

Happy Birthday

進階應用 拓展表現力！

記住「**別掃興**」的其他說法

👍 Don't be a stick in the mud.

別破壞氣氛。

這句慣用語源自 to stick in the mud「陷入泥淖」直譯是「別變成泥巴中的棒子」。泥巴中的棒子無法任意移動，這個形象代表「討厭新事物的頑固人類」或無法順利移動「動作慢吞吞的人」，亦即枯燥乏味的人，這是可以用在朋友之間的慣用語。

👍 Don't spoil it for everyone.

別掃興。

spoil 如果用在食物意思是「腐壞」，若用在氣氛則是「掃興」，直譯是「為了大家好，別毀了它」。對於破壞歡樂派對氣氛的人，表示「這是為了大家著想，因為如果你做了這種事，大家會覺得掃興。」這是上對下的用法。

👍 Don't be a sourpuss.

別繃著一張臉。

難得大家開心聚在一起，「為什麼那傢伙每次都這種臉？」一定有這種人。心中的不滿如果不說出來就嚥不下這口氣，或因為某件事而臭著一張臉…sourpuss 就是指這種人。sour 含有「不高興」的意思，這也是上對下的口氣。

請試著在這種場合使用

Are we going to have food at the party?
我們要帶食物去參加派對嗎？

No, it costs too much.
不要，因為太花錢了。

Don't be a stick in the mud.
別破壞氣氛啦。

會話重點！

世上有不會察言觀色的人存在，也有各式各樣的慣用語在注意這種人，但是 Don't be～「別成為～的人」不是行為，而是帶有批評人格的語氣，所以不能亂用。

Just bring yourself.
人來就好。

派對有各式各樣的類型，對朋友說「人來就好」，可以使用 Just bring yourself。slumber party「睡衣派對」是年輕女性到朋友家裡，不睡覺，享受女孩間的談心時光。

Lesson 6

You hit the nail right on the head.

○ 真是一針見血。／完全正確！

✕ 你剛好敲到鐵釘頭。

在對話過程中，若出現「真是一針見血」、「你說的完全正確！」的情況時，別只會說「Yes, yes」，請使用這句更精準的慣用語，讓對話延續下去。

看看哪裡不一樣！

You hit the nail right on the head.

真是一針見血。／完全正確！

請想像一下用鐵鎚敲鐵釘的畫面。揮舞鐵鎚的角度有些許偏差，就無法敲到很小的鐵釘（nail）頭。在輕鬆的場合，想要說出「賓果！」或在公司的會議上，要表示「完全正確」時，可以使用這句慣用語。

········· **延伸慣用語** ·········

Bull's eye!

讚！

Bull's eye!「公牛的眼睛」是指標靶的中心，「射中／命中」➡意思是「正中紅心的話或行為」。有人提供正確的意見或解決對策，正好解決你的煩惱或困境，讓你認為「這個好！」的時候，請說出 Bull's eye! That was the solution. Thanks.「讚！這個解決方法很好，謝謝。」

記住「**真是一針見血。／完全正確！**」的其他說法

👍 That's exactly right.

完全正確。

That's right. 是「正確／沒錯」的意思，但是還不到「一針見血」。後面加上 exactly「恰好地／精確地」，就會清楚表現出「沒錯，完全正確！真是一針見血！」的語氣。也可以使用 definitely「明確地／肯定地」。

👍 You're absolutely right.

你說得完全正確。

這是指「你是對的，沒錯」。意見的正確性有程度之分。You're right in a way.「就某種意義而言，你是對的。」並非完全認同，但是 absolutely 表示「絕對正確」。

👍 You got it!

沒錯！

這句慣用語可以應用在各種場合。意思是「你瞭解了」➡「沒錯，你懂了」口氣比較輕鬆。另外，面對別人的「請求」時，也可以用來表示「瞭解，我明白了」的意思。

請試著在這種場合使用

That was a terrible movie.

這真是一部糟糕的電影啊。

I know. You're absolutely right.

沒錯,你說的完全正確。

It was a big waste of money.

根本浪費錢!

會話重點!

A「真是糟糕啊」,B「沒錯」這種對話常會出現。這裡B贊成的對象是說出「糟糕的電影」的A。主詞變成人,表現出強烈認同對方。

英語這樣說

誤以為是獵犬?!

You're barking up the wrong tree. 「找錯人／失誤」

與「正中紅心」相反,要告訴對方搞錯目標時,可以說 You're barking up the wrong tree.。這是「獵犬將獵物追到樹上,卻對不對的樹吠叫」的情境,引申成「找錯人／失誤」的意思。

I wasn't born yesterday.

○ 我沒有那麼天真。

✕ 我不是昨天才出生。

聽到對方無禮的言詞，有時會認為「不是這樣的吧？」並覺得不應該當作沒聽到時，可以使用這句慣用語婉轉表達個人想法。

看看哪裡不一樣！

I wasn't born yesterday.

我沒有那麼天真。

昨天出生的嬰兒表示「什麼都不懂／不成熟／容易被騙」➡「天真」。語氣是「這種事我知道，你認為我是誰？」或者也可以說 Do you think I was born yesterday?「你認為我有這麼天真嗎？」

延伸慣用語

I'm not that naive.

我沒那麼笨。

naive 雖然有「纖細且容易受傷」意味，其實是指「天真的／容易被騙」的意思。如果打算讚美對方，說出 You're naive. 時，對方會回答你 I'm not that naive.「我沒那麼笨／不會被騙」。

拓展表現力！

記住「**我沒那麼天真**」的其他說法

Do I have stupid written on my back?

你認為我這麼笨嗎？

在某人的背後，貼上寫著「笨蛋」的紙張，代表在揶揄、欺負那個人。本人看不到貼在背後的紙，但明顯感覺被大家當作笨蛋。這是非常憤怒時使用的慣用語。

Am I dumber than I look?

你認為我是笨蛋嗎？

dumb 是愚蠢的意思，dumber 是比較級，直譯是「我看起來比外表還笨嗎？」、「我知道我看起來是笨蛋，但是我有那麼笨嗎？」是生氣責罵對方的表現。

● **憤怒的程度**

弱	☑ **That's not very nice.** 這樣有點失禮。
↓	☑ **Am I dumber than I look?** 你認為我是笨蛋嗎？
強	☑ **Do I have stupid written on my back?** 你認為我有這麼笨嗎？

請試著在這種場合使用

 I have to buy a new computer.
我得去買台新電腦了。

You can buy my old one for just 2,500 dollars.
你可以用 2,500 美元買我的舊電腦喔！

 Do I have stupid written on my back?
你認為我這麼笨嗎？

會話
重點！
我們會對想欺騙自己的情況感到憤怒。對認為自己看起來好騙、覺得自己是笨蛋的人，清楚告訴對方「我不是笨蛋」。

He's still green.
他是乳臭味乾的小子／新手。

我們會用 He's still green. 形容還不成熟的
人，代表「乳臭味乾的小子／新手」。
green 是「綠色」，也有「天真／不成熟」
的意思，和 He's Immature. 一樣。

My sister is the black sheep of my family.

○ 我妹妹是家裡的害群之馬。

✕ 我妹妹是家族的黑色羊。

不論在哪個家庭或團體裡，難免有「害群之馬」存在。這裡要介紹的是，就算是事實也不直接說出來，傳達隱喻意思的慣用語。

看看哪裡不一樣！

My sister is the black sheep of my family.

我妹妹是家裡的害群之馬。

There is a black sheep in every flock. 是「每個族群中，都有害群之馬。」的意思。綿羊原本是白色，在羊群中突然出現黑羊會非常醒目。而且黑羊（black sheep）的毛與白羊不同，商業價值較差。從這點引申出「害群之馬／難纏的人／恥辱」的意思。

······· 延伸慣用語 ·······

My sister is the outcast of my family.

我妹妹被家族鄙棄。

outcast 是由 out「往外」與 cast「投擲」形成的單字。形容詞是「受社會排斥的／被排擠的」，名詞是「受排擠者／被放棄者」。妹妹在家族中被鄙棄，沒來由地感到孤獨時，可以說 I feel like an outcast.，用來表示自己被遺棄的感覺。

拓展表現力！

進階應用

記住「我妹妹是家裡的害群之馬」的其他說法

My sister is a loser.

我妹是個糟糕的傢伙。

提到 loser 是「失敗者」的意思，與之相反的是 winner「勝利者」。但是這個字不光是失敗，也有被大家拒絕、鄙棄的「糟糕傢伙」之意。雖然被歸類在俚語，卻會使用在各種場合。

My sister is a disgrace.

我妹妹是家裡的恥辱。

這是 My sister is a disgrace to our family. 的縮寫，grace「優雅／品味」的相反詞就是 disgrace，表示「不名譽／恥辱」，有著「讓家族蒙羞」的意思。我們也可以將 disgrace 換成 an embarrassment「麻煩人物」，但是 disgrace 對於家族的傷害較深，問題比較嚴重。

● **造成困擾的程度**

低	☑ My sister is a loser. 我妹是個糟糕的傢伙。
↓	☑ My sister is the troublemaker of my family. 我妹是家裡的麻煩人物。
高	☑ My sister is a disgrace. 我妹妹是家裡的恥辱。

152

請試著在這種場合使用

I didn't invite Linda to my birthday party.

我沒有邀請琳達參加我的生日派對。

Why not?

為什麼不邀請她？

I can't. She's a loser.

沒辦法，她是個糟糕的傢伙。

會話重點！

世上的確有「糟糕的傢伙」存在。或許覺得對方糟糕是有原因的，但是若逐一說明，反而會被別人懷疑自己的人格。因此用此一句 loser 來解釋是比較聰明的作法。

（　　）內要填入的慣用語是？

I have (　　　) eyes.「我的瞳孔顏色是黑的」

① black　② dark brown

一般的東方人是黑髮、黑眼，但是 black eye 是指「熊貓眼」，被毆打或被撞使眼部瘀青的狀態。如果要說明瞳孔的顏色，請使用 brown eyes 或 dark brown eyes。

［答案］：②

153

Speak of the devil.

○ 說曹操曹操就到。

✕ 說到魔鬼。

時機說巧不巧，提到那個人的時候那個人就出現，這種現象似乎是全世界共通的。
此時，就可以使用這句慣用語。

看看哪裡不一樣！

Speak of the devil.

說曹操曹操就到

這句慣用語很適合用在談論不在現場的人，結果本人就突然出現，説出「哇，出現了！」的情況。這是 Speak of the devil and he will appear.「提到惡魔，一定會出現」的縮寫，意思與中文「説曹操曹操就到」一樣。We were just talking about you.「我們剛好提到你」也是。

············ 延伸慣用語 ·············

Well, if it isn't ～！

咦，該不會是～吧？

和「説曹操曹操就到」一樣，我想你應該碰過「咦，該不會是～吧？」的情況。不應該出現的人或話題人物，出現在自己眼前，會覺得很驚訝吧！此時，可以使用 Well, if it isn't ～！。Well, if it isn't Dave!「咦，該不會是戴夫吧！」突然碰到朋友的情況，就適合使用這句慣用語。

進階應用 拓展表現力！

記住「說曹操曹操就到」的其他說法

🔖 **We were just talking about you.**

> 我們剛好提到你。

剛好在談論對方，結果本人就出現，這種情形世上比比皆是。不論是正在講有趣的傳聞或不好的八卦，都可以使用「我們剛好提到你」這句慣用語。差別在於你的語氣及表情。

🔖 **Look what the wind blew in!**

> 哇，是你啊！

這句話如同中文的「哪陣風把你吹來了」。這是意想不到的人偶然出現的情景。尤其是好久不見的人忽然出現在派對上，就可以使用這句慣用語，語氣比較輕鬆。

🔖 **Well, look who's here!**

> 哇！看看誰來了！

直譯是「你看是誰在這裡」。不論是在派對、餐廳、銀行等任何場所，遇到意想不到的人物時，或者發現令人懷念的面孔，一定會使用這句慣用語，可以使用在任何人身上，請投入情感說出這句慣用語。

請試著在這種場合使用

Hey, everyone! I'm here!
嗨,大家午安!我回來了!

Well, look who's here!
哇!看看誰來了!

I just got back from France.
It's good to see everyone.
我才從法國回來,很高興看到大家。

會話重點!
對東方人來說,要瞬間說出一句英文,難度可能比較高,不過學會了像 look who's here! 這種文法簡單的簡潔慣用語,不僅容易瞭解,也可輕鬆記憶。

英語這樣說

敲木頭會發生好事?

Knock on wood.「老天保佑」

乞求幸運的句子有很多種,Knock on wood.「敲木頭」是祈禱「老天保佑」的意思。另外,雙手的食指和中指交疊 I'll keep my fingers crossed. 是「我為你祈求好運」,東方人對此較無感覺。

Lesson 10

Are you up for a movie?

○ 要不要去看電影？

✗ 朝著電影站立？

這是想約別人時，希望對方開心說 **Yes.** 的用語，主要用於私人場合的慣用語。

看看哪裡不一樣！

Are you up for a movie?

要不要看電影？

Are you up for 〜？是「想要做〜嗎？／有興趣做〜嗎？」的意思，常用來邀請別人。如果是 Are you up for a bite ／ a drink?，會變成「要不要吃個飯／要不要喝一杯？」相對來說，當對方提出邀請，覺得沒興趣時，可以回答 I'm not up for it.「我沒有興趣」。

延伸慣用語

How does a movie grab you?

要不要看電影？

直譯是「電影如何抓住你？」grab 是「抓住／奪得」的意思，「沒有深入思考，只想一下，就決定」的感覺。How does a movie grab you? 是希望對方不加思索，簡單回覆時的詢問方法。與具有「心理準備」語氣的 Are you up for 〜？意思有些不同。

進階應用 拓展表現力！

記住「要不要看電影？」的其他說法

Can I talk you into a movie?

要不要一起去看場電影？

talk ～ into 若是「說服～」的意思，就含有負面的語氣，不過如果是「可能有其他想做的事情…」，則完全沒有強制的意味。這個部分會依照說話的語調及表情而產生差異。

Would you care to see a movie?

可以邀請你看場電影嗎？

Would you care to ～？是邀請別人時，比較客氣的說法。這句慣用語在任何場合使用，都不會出錯。拿掉 Would you，變成 Care to ～？時，同樣是邀請別人的句子，會變成不嚴肅的輕鬆表現。就像 Care for a drink?「要不要喝一杯？」care for 也是很實用的慣用語。

Who wants to see a movie?

有人想看電影嗎？

這句慣用語以前是用在邀請多人的情況，但是現在變成即使只邀請一人，也可以輕鬆使用。語氣相同的 Who's up to see a movie? 也是老外很常用的慣用語。

請試著在這種場合使用

 Would you care to see a movie?

可以邀請你看場電影嗎？

 Sure!

好啊！

 Why don't we invite Karen?

要不要找凱倫一起？

 會話重點！

邀請別人時，從確認對方的意願開始。如果方便，就提出邀約。Would you care to ～ ? 這句慣用語可以用在商務場合或好友之間。

 快速記住實用的慣用語

Count me in.

算我一份。

對大家說 Who's up for a movie?「有人想看電影嗎？」的時候，想去的人，會說 Count me in.「把我數進去」➡「算我一份」。使用 I'd love to go.「我絕對要去」可以強調積極的心情。

I'm on cloud nine.

○ 我開心到要飛上天了。

✕ 我在第9號雲上。

你也可以說 **I'm very happy.**，但是這句慣用語能更精準傳達這種幸福的心情。
哪一句最符合你現在的感覺呢？

看看哪裡不一樣！

I'm on cloud nine.

我開心到要飛上天了。

想像乘上白雲那種輕飄飄的美妙感覺。I'm more than happy. I'm on cloud nine.「我不只高興，還開心到要飛上天了」這種情況就可以使用這句慣用語。cloud nine 的解釋眾説紛紜，以中文來説就好比「九霄雲外」。

┈┈┈┈┈┈ 延伸慣用語 ┈┈┈┈┈┈

I'm walking on air.

飄飄欲仙。

「漫步在天空上」是表示高興到飛舞的模樣，像在作夢般，幸福絕頂的狀態。若是 I'm walking on egg shells.「走在蛋殼上」➡表示「小心翼翼」。走在不同的地方，心情會有非常大的變化。

163

拓展表現力！

進階應用

記住「我開心到要飛上天了」的其他說法

I'm beside myself with joy!

欣喜若狂！

beside myself 的意思是「在自己身邊／忘形／失去控制」，因此「非原本的自己」➡「忘記自己」，這是口吻較為風趣的慣用語。I was beside myself with anger.「怒不可遏」可以同時表現憤怒與傷心。

I'm on the top of the world.

幸福絕頂。

有首唱出戀愛中女性喜悅的歌，歌名是《top of the world》。由於「我現在站在世界的頂端」，所以這種幸福程度是別人追不上的。因此這是代表「幸福絕頂／欣喜若狂」的一句慣用語。

I'm in seventh heaven.

幸福得無與倫比。

seventh heaven 是「幸福至極」的意思，英語中有許多說法是來自聖經，據說這也是其中之一。古猶太人認為天共有七重，第七重天是至高之處，為上帝的居所，也就是極樂的境界。身處於這種幸福至極的天國，當然是最開心的事了。

請試著在這種場合使用

Did you hear? Mary is going to have a baby!
你聽說了嗎？瑪莉要生小孩了！

That's great news! You must be really happy.
真是個好消息！你也很高興吧。

I am. I'm beside myself with joy!
是的，我真是欣喜若狂！

會話重點！
高興到忘了自己是誰，每個人都有這種時候。光用I'm happy. 無法表現的喜悅，也可以用比較誇張的説法來呈現。

英語這樣說

到了傍晚5點就回家！

She's a nine-to-fiver.「不加班的人」

She's a nine-to-fiver. 是「朝九晚五的人」➡「不加班的人」，如果是 I'm just a nine-to-fiver. 代表自己是「一般員工」。還有這種可以在商務場合使用數字的説法，Give me five! 是「鼓勵、打氣」的意思。

Lesson 12

I have better things to do.

○ 我不想去做。

△ 我還有其他更好的事要做。

「這種事情不是現在應該做的。」明明其他該做的事情還堆積如山。因此這句慣用語可以清楚表達出不想做這件事的心情。

看看哪裡不一樣！

I have better things to do.

我不想去做。

直譯是「我還有其他更應該做的事情」，直接這樣說的意思也通。在知名麵包店的店門口，從開店前就開始排隊，這是現在我應該做的事情？Is it that important?「這麼重要嗎？」如果有這種時間，應該去做更重要的事情。即使不是嚴肅的場合，也可以用來表現「我不想做這種事」的心情。

新品蛋糕的
隊伍末端

········ 延伸慣用語 ········

What a drag.

真麻煩。

drag 的意思是「拖著腳」，如果是名詞，除了有「拖曳」的意思之外，還表示「令人厭倦的事情／麻煩的事情」等。在做討厭的事情時，總會心情不好，步伐也很沉重難以前進吧！What a drag. 是有著強烈負面語氣的說法，最好避免對長輩或主管使用。

補習班老師
體力強化訓練項目

伏地挺身 30 下
仰臥起坐

拓展表現力！

進階應用

記住「**我不想去做。**」
的其他說法

Do I have to just sit around?

我只要坐在這裡就可以了？

Do I have to just ～? 是「我只要做～就可以了？」的意思，表示「沒有其他重要的事情嗎？」代表「我沒有那麼閒／我厭倦這種事了」。這句話是有點上對下的口氣。

I can't stand here and burn daylight.

你想讓我一直等下去？

意思是「我不能只是站在這裡，並在白天點燈。」burn daylight 是「在白天點燈」➡表示「討厭什麼事都不做／徒勞無功／浪費時間」。語氣上為「你想讓我一直等下去？」是上對下的說法。

Don't waste my time.

別浪費我的寶貴時間。

和直譯的意思一樣，這句慣用語是不隱藏心裡話，坦率向對方表達個人想法，是非常直接的說法，當然氣氛就不會很和睦。

請試著在這種場合使用

What?! You forgot your ticket?

欸？！你忘記帶票了？

Wait here while I go back to my house and get it.

我回家拿，在這裡等我啦！

Don't waste my time.

別浪費我的寶貴時間。

會話重點！ 認為「時間就是金錢」的人，很難接受被迫浪費時間的情況。具體強調「我沒這麼閒」的慣用語，可以清楚表達「饒了我吧」的感覺。

快速記住實用的慣用語

I have better things to do than～.

有比～更應該做的事情。

《變形金剛》（1987 年）中，有一句台詞 I've got better things to do tonight than die.「今晚，我有比死亡更應該做的事情」。像這樣，加上 than～，用法更廣。

169

Lesson 13

Let's keep in touch.

○ 保持聯繫。

✕ 維持接觸狀態。

對不久後會再碰面的人或可能不會再見面的人，除了 **Good bye.** 之外，還有各種「再見」的說法。

看看哪裡不一樣！

Let's keep in touch.

保持聯繫。

就算不會再見面，在現代社會，只要有心，就能一直保持聯絡。例如，電子郵件、臉書、推特等，方法很多。這裡用 keep in touch 表現聯繫狀態，是可以用在輕鬆或商務場合的常用説法。如果是由你「取得聯絡」，可以説 get in touch.，先記住這句慣用語，就很方便。

延伸慣用語

Don't be a stranger.

即使分開，也要互相聯絡喔！

直譯是「不要變成陌生人」➡引申成「別疏遠，要彼此聯絡」。對很久不見的朋友說 It's been a long time.「好久不見」，是常用的説法之一。但是 a stranger 也常用來表示「好久不見的人」。另外，也請記住 Hello, stranger!「有一陣子不見了。」這種加入親密感的説法。

拓展表現力！

記住「保持聯繫」的其他說法

🛍️ Keep me abreast of things.

今後也要讓我知道你的事情。

be abreast of～是「跟上／追上（最新的事物等）」的意思。Keep me abreast of things 是「（未來我也會注意你，所以）今後也要讓我知道你的事情」。這是上對下使用的慣用語。

🛍️ Keep me up to date on everything.

請經常與我聯絡。

up to date 是「最新的（狀態）」，所以「關於全部的事情，讓我維持最新的狀態」➡演變成「請經常與我聯絡／讓我知道進展」的意思。

🛍️ Let's not lose touch.

我們別斷了聯繫。

意思和 keep in touch「彼此聯絡」幾乎一樣。刻意使用 not lose「別失去」的否定表現，可以更加強調想持續維持關係的心情。這是英語常見的措辭，可以使用在各種分離的場合。

請試著在這種場合使用

 I had a good time with you.

我覺得非常開心。

 Me, too. I hope to see you again someday.

我也是,希望有機會再見面。

 Let's not lose touch.

我們別斷了聯繫喔!

 會話重點!

分離的時候,感謝一起度過的時光及約定再次相會非常重要。另外,即使是不會再見面的人,說出「我們別斷了聯繫」,比較有禮貌。

英語這樣說

休息＝保持距離…?

I think we need a break.「我們暫時保持距離吧」

有很多分離的說法,這句慣用語中的 break,含有「讓兩個人的關係休息」的語氣。除此之外,You go your way, I'll go mine.「彼此踏上各自的道路吧」也很常用。

日常會話中實用的
成語慣用語 ③

成語可以教會我們人生的道理、在社會上生存的智慧及禮儀。
因此，我們可以從中輕易學會人生的課題。

場景 **1**

Hey, what a dress! It makes you look so old!
怎麼了？為何穿這麼正式！看起來很老氣耶！

Familiarity breeds contempt.
你是「親近生慢侮」吧！

直譯是「熟悉會產生輕蔑／輕視」。愈熟悉的人，對方愈瞭解自己的的心情，愈
容易輕忽。可是，就算是親近、親密的人，也要拿捏分寸和保持禮儀。

場景 **2**

You finished cleaning up your apartment before
moving out.
搬家之前，你整理過你的公寓了呢。

It's an ill bird that fouls its own nest.
「善始善終」啊！

以「再糟糕的鳥也不會弄髒自己的窩」的比喻，來表示退場或離開時要保持乾
淨。「即使不會再回來，也不要留下一點髒污，徹底整理儀容再離開」的意思，
並非「只顧眼前，不顧後果」。

PART 4
老外會使用的
流行慣用語

PART 4 要介紹更像老外會用的慣用語。只要使用這些慣用語,絕對會讓人認為你是英語會話高手。

I could eat a horse.

○ 我的肚子好餓。

✕ 我可以吃下一匹馬。

「肚子餓」有各式各樣的說法，從「我嘴饞」到「餓到快死」都有。請記住可以正確傳達自己飢餓程度的慣用語。

看看哪裡不一樣！

I could eat a horse.

我的肚子好餓。

這是用來表現「飢餓極限狀態」的慣用語，意思不是「連馬都可以吃下去」，而是「似乎可以吃掉一整匹馬」，用來誇張比喻飢餓的程度。由於這是現實生活中不可能發生的事情，所以用過去式假設語氣來表示。另外，在這個慣用語之前，省略了 I'm so hungry.／I'm starving.。

延伸慣用語

I've got the munchies.

我嘴饞。

雖然不到非常餓的狀態但是想吃東西，尤其是零食時，就會使用這句慣用語，相當於中文的「嘴饞」。Munchies 是俚語，除了有「輕食／零食」的意思，也有「空腹感」的講法。這是可以在親友間使用的輕鬆用法。

177

拓展表現力！

進階
應用

記住「我的肚子好餓」
的其他說法

🎒 I'm starving.

我餓到受不了。

「飢餓」也有程度之分。比 I'm hungry. 更餓一點的說法是 I'm starving.「（很餓）需要進食」。此外，I'm starving to death. 是「我挨餓到快死掉」的意思。

🎒 My stomach is growling.

我的肚子咕嚕咕嚕叫。

growl 是「雷聲隆隆」的意思，用來代表肚子咕嚕咕嚕叫。相較於「肚子餓」，這句慣用語帶有「肚子咕嚕咕嚕叫，來吃點東西吧」的語氣。

● 肚子餓的程度

小 ↓ 大	☑ **I'm peckish.** 我有點餓。
	☑ **My stomach is growling.** 我的肚子正在咕嚕咕嚕叫。
	☑ **I'm hungry.** 我餓了。
	☑ **I'm starving.** 我餓到受不了。
	☑ **I'm starving to death.** 我餓到快死掉。

請試著在這種場合使用

Have you had lunch yet?

午餐吃了嗎？

No, I haven't. My stomach is growling.

還沒，還沒吃，我的肚子正在咕嚕咕嚕叫。

How about going to lunch together?

要不要一起吃午餐？

會話重點！

如果還沒吃午餐，別光只說還沒吃，加上「肚子咕嚕咕嚕叫」能讓會話更生動。聽到的人接著說出 How about ～？邀約吃飯，能讓對話更進一步。

英語這樣說

馬與英語很合得來！

back the wrong horse「壓錯寶！」

與馬有關的慣用語很多，壓錯寶 back the wrong horse 是表示「賭錯馬」。此外，beat a dead horse「鞭打死馬」➡ 意思是「徒勞無功」。

What do you know?!

○ 哇,真厲害!

△ 你知道什麼嗎?

這是直接表現出「沒想到!太驚訝了!」等訝異感時,非常方便的慣用語,但是請記住,語氣與表情會改變這句慣用語的意思。

看看哪裡不一樣！

What do you know?!

哇，真厲害！

這是同時表現出又驚又喜的慣用語，非常文雅，有著「這個非常厲害」的意思。但是說出 What do YOU know?!，特別強調 YOU 的話，「你知道什麼？」➡ 會演變成「不想跟你說」的意思。相同的句子，可以從對方的表情及語氣來判斷不同的意思。

.... 延伸慣用語 ....

Well, I'll be.

哇，太驚訝了。

這是省略了 Well, I'll be damned if this is true.「如果這是真的，我寧可掉入地獄。」變成 Well, I'll be，比較適合用在休閒場合。看到地獄這個字，會以為全都是用在壞事上，其實也常用來代表好的「驚訝」之意。但是，商務場合最好避免使用。

拓展表現力！

進階應用

記住「哇，真厲害！」的其他說法

👍 You don't say?

真的啊！

表示驚訝，和 Really? 一樣，是從日常生活到商務場合都可以使用的實用慣用語。但是，有時也會用在沒什麼好大驚小怪的事情，帶有諷刺的語氣「啊！這樣嗎？」的情況。為了避免被誤會，要確實表現出驚訝的情緒。

👍 Well, I'll be a monkey's uncle!

欸，真想不到！

「欸！（這樣說來）那我就是猴子的叔叔了！」像是反對達爾文進化論的人說出的話。當然，這句慣用語不是這種意思，只是用來表達「這樣真想不到！／真令人不敢相信」的意思。

👍 Get out of town!

真不敢相信！／這是真的嗎？

「走出城鎮」為什麼有這種意思原因不明，但是對於「你說他中了樂透！」這種頭一次聽到的事情感到驚訝時，就會使用這句慣用語，意思是「真的假的？真羨慕啊！」這是比較平易近人的說法，請避免對長輩或主管使用。

請試著在這種場合使用

 I won the lottery! I'm a millionaire!
我中了樂透！我是百萬富翁喔！

 Get out of town!
真不敢相信！

 Yeah, it's a miracle!
沒錯，這是個奇蹟！

 會話重點！ 對於「中了樂透」等頭一次聽到的事情感到驚訝時，這句話含有「真的嗎？好羨慕！」的語氣。請用真心說出這句話。

 What do YOU think?的意思是？

① 你覺得如何？　② 這是當然的吧！

以強調的語氣，加強 What do you think? 的 YOU 時，「只要想一想就懂的事情」➡ 變成「理所當然」。好比對「可能會遲到嗎？」回答 What do YOU think?，就是「這是當然的吧！」

[答案]：②

I'm at the end of my rope.

○ 已經是極限了。

✕ 我在繩子的一端。

雖然努力到現在卻不得不說出「撐不下去」時，可以使用這句慣用語。這是情感較為壓抑的說法。

看看哪裡不一樣！

I'm at the end of my rope.

已經是極限了。

每天加班、加班，疲勞與緊張都已經達到極限的人，一定會死命抓住救命的繩索。手不自覺伸到繩索的盡頭，意指「萬事皆休」的狀況。此時，I give up!「我放棄了！」聽起來會比較情緒化。使用這句慣用語，可以用較為壓抑的語氣來表達自己的想法。

延伸慣用語

That was the last straw.

壓垮駱駝的最後一根稻草。

這是指忍耐力很強的駱駝達到極限狀態時，連 last straw「最後的一根稻草」也無法忍耐而被壓垮。每天被主管諷刺，一直咬牙忍耐，最後因為一句話，而超過忍耐極限。這就是 That was the last straw for me「壓垮駱駝的最後一根稻草／忍無可忍」。

PART **4**

老外會使用的流行慣用語

拓展表現力！

記住「已經是極限了」的其他說法

🛍 I can't take this.

我再也受不了了。／我已經忍無可忍了。

take 含有「（忍耐）接受」的意思。這句慣用語是指「無法接受／忍受這種狀態」，也有著「希望對方有所作為」的意思。最好避免對長輩或主管使用。

🛍 That's the final blow.

這是致命一擊。

final blow 是「最後一擊／致命一擊」的意思。在拼命忍耐時，卻遇到致命一擊，就無法忍耐下去。假設每天都被主管挖苦，而咬牙忍耐，卻又遭到諷刺，可能說出 That's the final blow. I'm quitting.「我已經忍無可忍，我辭職不幹了。」

● 忍耐的程度

低	☑ I can't take this. 我再也受不了了。／我已經忍無可忍了。
↓	☑ I'm sick and tired of this. 我已經受夠了。
高	☑ That's the final blow. 這是致命一擊。

請試著在這種場合使用

I can't take this any longer.
我已經忍無可忍了。

You look really tired.
你看起來真的很累。

I have to work overtime every day.
我每天都必須加班。

會話
重點！

I can't take this. 的後面加上 any longer，會產生走投無路的語氣。
附帶一提，想表示「無法忍受噪音」時，會變成 I can't stand it.。

英語這樣說

危險的是鋼索？

walk a tight rope「鋌而走險」

中文說「鋌而走險」，英文使用的是「rope」。
另外，be against the ropes 就像在拳擊場
上，被逼退到擂台繩欄的感覺，代表突破「絕
境」。rope 與「絕境」有著密不可分的關係。

187

I owe you one.

○ 謝謝，我欠你一個人情。

✕ 我有義務還一個給你。

表達感謝之意時，最重要的是要真心誠意。幾乎所有場面都可以使用 **Thank you.**，但是試著使用這句，傳達出「感恩」的心情。

看看哪裡不一樣！

I owe you one.

謝謝，我欠你一個人情。

owe 是動詞，意思是「有支付或返還的義務」，I owe you 20 dollars. 是「我欠你 20 圓」。I own you one. 除了 Thanks. 之外，也表達「我欠你一個人情」的常用説法。還可以加在 Thanks. 之後。附帶一提，從 I owe you. 衍生出 IOU，也常用來當作「欠條」。

延伸慣用語

You're the best.

得救了，謝謝。

對方為自己做了某件事，想説「得救了，你真是太棒了！」的時候，會使用 You're the best.「你是最棒的夥伴了！」這是可以使用在各種情況的溫馨説法。在重要的場合受到對方幫助或想聊表感謝之意時，也會使用這句話。還可以像 Thanks so much! You're the best.，這樣搭配組合使用。

PART 4

老外會使用的流行慣用語

進階應用 拓展表現力！

記住「謝謝，我欠你一個人情」的其他說法

I can't thank you enough.

感激不盡。

這是指「我由衷感謝，卻無法完全展現足夠的謝意（表達我的情感）」。這種利用否定句來表達更深刻的情感，是老外很愛用的慣用語。也能向對方表達出謙虛的態度。

I'm in your debt.

我欠你一個人情。

debt 除了「負債／債務」之外，還有「恩惠／情義」的意思。換句話說，就是指「欠你一個人情」，有著感謝之意。I'm indebted to you. 是同義詞，抱著謙虛的心情表達感謝。

● 感謝的程度

輕 ↓ 重	☑ Thanks a million. 萬分感謝。
	☑ I can't thank you enough. 感激不盡。
	☑ I'm in your debt. ／ I'm indebted to you. 我欠你一個人情。

請試著在這種場合使用

What am I going to do?

我該怎麼辦才好？

Don't worry. I called the airlines.
They're going to refund your ticket.

別擔心。我打電話到航空公司後，他們說會退費。

Oh, really? I can't thank you enough.

喔，真的嗎？真是感激不盡。

會話
重點！

遇到困難時，對自己出手相救的人，只說Thanks.無法完整表達自己的心情。此時，請徹底説出自己的感謝之意。根據説法，表現出來的態度會截然不同。

You owe me.

你欠我一個人情。

You owe me（one）. 是「你欠我一次喔」
➡「別忘了，你欠我一個人情喔」有點強迫
意味。意思和 Now I can count on you for
a favor.「現在我能指望你的幫助囉」一樣。

欠我一個人情

Are you with me?

○ 你懂嗎？

✕ 你有跟我一起嗎？

「你懂我的說明嗎？」自己講了長篇大論或對方心不在焉時，為了確認對方是否理解，可以使用這句很方便的慣用語。

看看哪裡不一樣!

Are you with me?

你懂嗎?

「你懂嗎?」直接改成英語會變成 Can you understand?,但是 Can you～? 其實是詢問別人能力的措辭,有時會顯得沒禮貌。Are you with me? 的 me 是「我説的事情／説明」,除了「你有在聽嗎?」之外,也有「懂我的説明嗎?」的意思,可以使用在任何場合。

····· 延伸慣用語 ·····

Am I making sense?

聽懂我的說明嗎?

這與「我的説明沒有問題」為前提的 Are you with me? 不一樣,Am I making sense? 是「你聽不懂,可能是我的説明不夠清楚」,這裡的 I「我」有比較謙虛的意思。另外,make sense 是「有道理／合理」的意思。這是可以用於任何場合,顧慮到對方想法的用語。

193

拓展表現力！

進階應用

記住「你懂嗎？」的其他說法

📌 Have I lost you?

你懂嗎？

直譯是「我弄丟你了嗎？」變成「我讓你感到困惑嗎？」的意思。如果覺得自己的說明很難理解，對方可能感到困擾時，請使用這句慣用語。在對話途中，搞不清楚前後關係時，也可以使用這句慣用語。

📌 Get it?

懂了嗎？

這裡的 get 是「明白／瞭解」的意思，是 Did you get what I just said?「你懂我說的事情嗎？」的簡短型。詢問對方 Get it?，幾乎回答都是 Got it.。Get it? — Got it. 這是配合度很高的對話，但是請用在好友之間。

📌 Are you following me?

你懂我的意思嗎？

follow 是「跟隨」的意思，所以「正在跟著我嗎？」➡引申成「你懂嗎？」的意思。這是在不自覺講話速度過快，或對方沉默不語時，用來確認對方理解程度的慣用語。最後加上 so far，就變成「到這裡為止都懂嗎？」確認理解狀態的句子。

請試著在這種場合使用

Are you following me so far?

到這裡都懂嗎？

- -

Not really.
Could you explain what happened again?

不是很懂，你可以再說明一次發生什麼事嗎？

- -

Sure. I'll start from the beginning.

沒問題，我從頭開始說明喔！

會話
重點！

說話時，確認對方的理解程度很重要。如果話題較長，請在談話的段落，確認理解程度。不過，請記住，次數若過於頻繁，反而會讓對方感覺不禮貌。

英語
這樣說

用 with 表現工作地點

I'm with ABC.「我在 ABC 公司工作」

如果要說「在～工作」，老外比較愛用 I'm
with ABC.。另外，I work at ABC. 是將重點
擺在公司名稱上，若是 I work for ABC. 則是
重視僱用關係的說法。

Say no more.

○ 我瞭解了。

△ 不用再說了。

對方來拜託比較困難的事情時,往往伴隨著冗長的說明。當你瞭解對方的想法,使用這句慣用語表示「我瞭解了」,就可以讓對方感到放心。

196

看看哪裡不一樣！

Say no more.

我瞭解了。

Say no more. 含有「樂意去做！」的語氣。想要對提出請求的對象，表示「我瞭解你的意思了，所以不用多説，沒問題的。」就會使用這句慣用語。這句慣用語，也有「我不想再聽這些事情了，別再説下去」完全相反的意思。究竟是哪一種，是依說話者的語調及表情而定。

延伸慣用語

You got it.

瞭解！

這裡的「瞭解」，也含有「樂意之至」的意思。原本是 You got my full support.「全力以赴」的意思，但是使用較輕鬆的語氣。另外，在商務場合，也會用來表示「沒問題，做得到！」當對方瞭解自己説的內容時，也可以用這句慣用語表示「如你所説！／沒錯！」

拓展表現力！

進階應用

記住「我瞭解了」的其他說法

👍 **I'm on it.**

我正在做。／我這就去辦。

直譯是「我在上面」➡「正在著手」的意思。當主管交辦事情時，就算還沒開始，也「（馬上）樂意去做／努力去做」。另外，Get on it.「現在立刻去做吧！」是以比較輕鬆的語氣拜託別人的說法。

👍 **Your wish is my command.**

悉聽遵命。

直譯是「你的願望就是給我的指令」。雖然這句慣用語的說法比較老式，不過男性可以善用在浪漫的場合。「我有一個小要求」當美女這麼說時，很適合使用這句慣用語，這是比較風趣的說法。

👍 **It's done!**

瞭解！

這是縮短 It's as good as done.「這就和做好了一樣」的慣用語，在接受請求或要求時，語氣接近「立刻去做／瞭解」。對於擔心你的反應的人而言，這是讓對方高興的說法。

請試著在這種場合使用

I'll be happy to help you prepare for the meeting.
我很樂意幫你為會議做些準備。

Great!
We have to put all these chairs in a circle.
太好了！我們要把這些椅子排成圓形。

I'm on it.
我這就去辦。

會話重點！ 利用 on，充分表現出協助者投入的態度「瞭解，我這就去辦！」除了心情之外，也傳達出做好準備。當別人提出請求時試著使用這句慣用語。

She knows a lot.

她博學多聞

把「什麼都懂的人」說成 She knows everything. 是錯的，這是指「裝作無所不知的人」，含有諷刺意味，和 She's a know-It-all.「裝懂」一樣。假如真的是什麼都懂的人，適合說 She knows a lot.。

Let it slide.

○ 隨它去吧。

✕ 讓它滑。

對正在悶悶不樂的朋友,不見得非得說出有用的建議或令人感動的溫柔話語。偶爾,只要一句「順其自然」,就能盡在不言中。

看看哪裡不一樣！

Let it slide.

隨它去吧。

slide 除了「滑動／使滑動」的意思之外，也有「溜走」的意思。這句慣用語直譯是「讓它滑動吧／讓它溜走吧」➡變成「別放在心上」。對於弄丟你重要 CD 的朋友說「沒關係，別在意，放心吧」可以使用這句慣用語，展現自己的肚量。或者也可以說 Forget aobut it.。

··········· 延伸慣用語 ···········

Don't sweat it.

別放心上。

sweater 是「毛衣／讓人大量出汗的衣服」，sweat 是動詞，表示「流汗」的意思。英語中，感到不安時，會聯想到「冒汗」。另外，sweat 在口語上有「擔心／在意／不安」的意思，因此衍生出這種說法，口氣上比較接近「別放心上／別在意」。

進階應用 拓展表現力！

記住「隨它去吧」的其他說法

👍 Whatever will be, will be.

順其自然

這句慣用語是出自希區考克《擒凶記》的電影主題曲。將西班牙文的 Que sera sera.「順其自然」翻譯成英文。對於陷入煩惱的人，表示「沒什麼好煩惱的，一切順其自然吧！」是能讓對方恢復活力的慣用語。

👍 Let it go.

放下吧。

直譯是「讓它走吧」➡「放下吧／忘記吧」的意思。「忘記它」帶有「一直不斷想著這件事也於事無補」的語氣。「忘記」➡也有「放棄」的意思。

👍 Don't let it bug you.

別為這件事心煩了。

it 非具體的事情，而是指心中的混亂情緒。bug 是「讓人心浮氣躁／煩惱」的意思，「別因為這種事而心浮氣躁／放下吧」。這句慣用語要避免對長輩或主管使用。

請試著在這種場合使用

What's wrong?
怎麼了？

Linda didn't invite me to her party.
琳達沒有邀請我去參加她的派對。

Let it go. It was a boring party.
放下吧！那是個很無聊的派對。

會話重點！ 當對方向你訴苦時，最好說出能讓對方釋懷的話。尤其是，無法改變的過去。此時，請一定要使用這句慣用語。

( ) 內要填入的慣用語是？

I forgot ( ) a meeting room. 「我忘記預定會議室了」

① booking ② to book

如果是忘記過去的事情，要用 forget ～ing，若是忘記未來必須做的事情，要使用 forget to ～。「我忘記預定會議室了」是過去的事情，所以要是 forget ～ ing。

[答案]：①

Lesson 8

Show them what you've got.

○ 加油！

✕ 給他們看你擁有的東西。

不拘泥勝負、重視努力過程的人，會想要使用這句慣用語。請在適當的場合，說出這句話。

看看哪裡不一樣！

Show them what you've got.

加油！

對於要簽訂重要合約的商務人物、面臨考試的學生、首次約會的年輕人等，都可以説出這句慣用語。what you've got 直譯是「你擁有的東西」，這裡代表的是「你擁有的勇氣、知識、經驗、決心」等等。另外，這裡的 them 沒有指定特定人物。

······· **延伸慣用語** ·······

Chin up!

加油！

你應該有看過往上重擊 chin「下巴」，然後就 KO 的拳擊比賽吧！下巴在人體中是非常重要的部位，因此衍生出「象徵決心／意志」的意思。垂頭喪氣的失敗者為了思考將來，把臉朝上把下巴往上抬（up），一定能衍生出加油的動力。這是有著強烈鼓勵效果的慣用語。

進階應用 拓展表現力！

記住「加油！」的其他說法

👍 You can do it.

你一定做得到。

字面上的意思是「你可以的」，「因為是你，所以一定沒問題／能輕鬆致勝！」是帶有鼓勵、加油語氣的慣用語。說這句話的對象，只限感到不安的朋友或同事等比較親近的人，不能用於長輩。

👍 Good luck!

加油！

Good luck.「祈求幸運」是「加油／祝一切順利」，鼓勵別人的句子。對於要去約會或面對困境的人，都可以輕快並誠心地說出這句慣用語，運用範圍很廣。

👍 I know you won't let us down.

因為我相信你。

直譯是「我知道你不會讓我們失望」。乍看之下，聽起來像是施加壓力的說法，其實這句慣用語是「因為我相信你／沒問題的」，能溫柔鼓勵對方。

請試著在這種場合使用

Do you have a job interview tomorrow?

明天你要去面試工作吧？

Yeah, but I'm really nervous.

嗯，但是我非常緊張。

Good luck!

加油！

會話
重點！

要「加油」的狀況形形色色，對於要挑戰某件事的人，請送上溫暖的加油吧！這種情況很適合使用像 Good luck！這種有著積極語氣的暖心慣用語。

(　　　)內要填入的慣用語是？

Give them (　　　)!「加油吧！」

① heaven　　② hell

直譯是「讓他們看見地獄（hell）」，這是非常英勇的一句話，也可以用來鼓勵別人。常用在對方出場比賽時，語氣沒有那麼激烈。但是最好只用在朋友之間。

[答案]：②

207

Thanks for the pat on the back.

○ 謝謝你的鼓勵。

✗ 謝謝你拍背。

受到稱讚想要表達高興的心情時,只說 **Thanks.** 似乎不夠清楚。除了要確認清楚要感謝的是什麼,更要將心意傳達給對方。

看看哪裡不一樣！

● Thanks for the pat on the back.

謝謝你的鼓勵！

這是心情沮喪時，對鼓勵自己的人表達強烈感謝之意的慣用語。pat「輕拍（物體）」可以當作動詞或名詞，pat on the back 除了如字面所示，有「輕拍背部」的意思之外，還有「鼓勵／讚賞」之意。另外，He deserves the pat on the back. 是「他值得讚賞。」

············· 延伸慣用語 ↗ ·············

● It really means a lot to me.

真的很高興（謝謝）。

「拍背」有安慰對方的意思，但是 It really means a lot to me. 含有「可以被像你這樣優秀的人稱讚，對我而言，意義重大。」的語氣。means a lot 是「意義重大」，可以強調你的喜悅。

209

記住「謝謝你的鼓勵！」
的其他說法

Thanks, I needed that!

謝謝，我真的很高興！

一直想要，卻遲遲無法入手，最後終於得到時，會脫口說出 Thanks, I needed that. 是「謝謝，我需要它」➡「我真的很高興」。結束出差，終於吃到家中好吃的飯菜，說出「I needed that！」，表示「好吃，就是這種滋味！」。

Thanks for pepping me up.

謝謝你鼓勵我。

pep～up「鼓勵～／打氣」不光是打氣，還有加油的語氣。Thanks for pepping me up. 是「謝謝你鼓勵我，托你的福，我恢復精神了」的意思，可以對任何人使用。

Thanks for being there.

謝謝你的支持。

如字面上的意思「謝謝你在那裡」。當自己陷入困境時，對於伸出援手的人，誠心說出這句感謝的話語。不論是現在為我做的事情或已經結束的事情，對任何對象都可以使用這句慣用語來感謝對方。

請試著在這種場合使用

 I've been walking all day in the sun and I'm so thirsty.
整天都在太陽底下走路，我的口好渴。

 Here, have some of my cold water.
喏，這是冰開水。

 Thanks, I needed that!
謝謝，我很高興！

 當然也有只說 Thanks. 就可以的情況，但是如果想表達強烈感謝之意，使用 I needed that! 這種慣用語，就很重要。

Hang in there!
加油！

Hang in there!「加油！」也是鼓勵別人的重要慣用語，除此之外，比較輕鬆的鼓勵句子是 Everyone has their bad days.「每個人都會有不順利的日子」等。

211

Did you have a ball?

○ 你玩得盡興嗎？

✕ 你有球嗎？

對去約會、派對、旅行回來的朋友，詢問對方「好玩嗎？」是一種禮貌。此時，可以使用這句實用的慣用語。

回到好久不見的台灣公司，覺得如何？

同事們有幫你舉辦歸國歡迎會嗎？

Did you have a ball?
（你玩得盡興嗎？）

嗯！倒不如說，我娛樂了大家！

蛤？

這是我在美國練習的舞獅舞！

呀呼

好不容易去一趟美國，你學了什麼回來啊…

看看哪裡不一樣！

Did you have a ball?

你玩得盡興嗎？

ball 除了「球」，還有「舞會」的意思。
直譯是「像舞會一樣有趣？」這裡的
ball 是指「非常有趣的時光」。常見用法
Did you enjoy ～？的答案可能是 Yes.
或 No.，當老外預測對方「一定很開心」
答案是 Yes. 時，就會使用這句慣用語。

延伸慣用語

Did you have the time of your life?

很棒嗎？／如何？

the time of one's life 是「人生最好的
時光」，而 have the time of one's life
是「盡情享受這段時光」的意思，是可
以輕鬆使用的慣用語。詢問參加派對的
友人「很棒嗎？」，詢問旅行回來的主管
「如何？」等感想時，可以使用這句慣
用語。

進階應用 拓展表現力！

記住「**你玩得盡興嗎？**」
的其他說法

Did you let off some steam?

讓你釋放壓力了嗎？／鬆了一口氣嗎？

let off steam「吐出蒸氣」是「讓人釋放壓力或鬱悶」的意思。雖然是「鬆口氣」的正面語氣，但是有的時候也會變成「一吐怨氣」的負面意味。請根據狀況來判斷對方到底是哪種意思。

Did you have a blast?

玩得盡興嗎？

blast 是指「爆炸／一陣疾風」，也有「瞬間衝擊」的意思。have a blast 是「玩得盡興／狂歡」。這是任何場合都可以使用的慣用語。Let's have a blast tonight. 是「今晚盡情狂歡吧！」

Did you paint the town red?

大肆狂歡？

paint the town red「把城鎮染成紅色」➡「在街上飲酒作樂／狂歡」的意思。這句慣用語給人胡鬧的印象，因而讓人以為只能用在年輕人身上，不過商務人士豁出去時也可以使用這句。算是俚語，使用時不用過於拘泥。

請試著在這種場合使用

 I'm back!
我回來了！

 Oh, wow! Did you have a blast?
哇！玩得盡興嗎？

 Yeah, I really love Hawaii.
是的，我真的很喜歡夏威夷。

會話重點！

歡迎渡假完的朋友或家人時，難免會想要熱鬧一番。Did you enjoy?雖然也不錯，但是選擇這句帶有「耶！」的心情，對話會更熱烈。

快速記住
實用的慣用語

It was just okay.
有點失望。

It was just okay.「有點失望」是負面的表現，關鍵在 just 這個字。It was kind of boring.「有點無聊」但是還有機會，不過 I shouldn't have gone.「我真不該去的」，則變成對已經發生的事情本身感到後悔。

索引－用中文查詢慣用語

＊紅字慣用語是本書中的關鍵慣用語。

A

你認為我是笨蛋嗎？
Am I dumber than I look? ······ 148

聽懂我的說明嗎？
Am I making sense? ············· 193

非常贊成！
Amen! ···································· 74

你懂我的意思嗎？
Are you following me? ·········· 194

這樣你滿意了吧？
Are you happy now? ······· 116, 117

你要去上班嗎？
Are you headed to work? ········ 10

你在開玩笑吧？
Are you kidding me?! ·············· 28

這樣你滿意了嗎？
Are you proud of yourself? ···· 118

要不要去看電影？
Are you up for a movie? ··· 158, 159
How does a movie grab you? ··· 159

你懂嗎？
Are you with me? ·········· 192, 193

B

請等我一下。
Bear with me. ······················ 109

祝你下次更順利。
Better luck next time. ·············· 85

讚！
Bull's eye! ··························· 143

C

請慢慢數到10。
Calm down and count to ten. ··· 60

可以用電子郵件訂購嗎？
Can I order by e-mail? ············ 20

要不要一起去看場電影？
Can I talk you into a movie? ···· 160

非常好。
Can't complain. ···················· 11

沒什麼可抱怨的。
Can't complain. ···················· 11

恭喜你高升。
Congratulations on your
promotion. ···························· 20

能不能幫我個小忙。
Could you do me a little
favor? ································· 18

你方便與她碰面嗎？
Could you possibly meet
with her? ····························· 18

你可以說得慢一點嗎？
Could you slow down a little? ··· 44

D

你玩得盡興嗎？
Did you have a ball? ······· 212, 213

玩得盡興嗎？
Did you have a blast? ············ 214

很棒嗎？
Did you have the time of
your life? ···························· 213

很棒嗎？
Did you have the time of
your life? ···························· 213

讓你釋放壓力了嗎？
Did you let off some steam? ··· 214

讓你釋放壓力了嗎？
Did you let off some steam? ··· 214

大肆狂歡？
Did you paint the town red? ··· 214

你認為我有這麼笨嗎？
Do I have stupid written on
my back? ···························· 148

我只要坐在這裡就可以了？
Do I have to just sit around? ··· 168

別這麼掃興啦！
Don't be a party pooper. ········ 139

別繃著一張臉。
Don't be a sourpuss. ············· 140

別破壞氣氛。
Don't be a stick in the mud. ··· 140

即使分開，也要互相聯絡喔！
Don't be a stranger. ··············· 171

別掃興。
Don't be a wet blanket. ··· 138, 139

別遲到。
Don't be late. ······················· 15

別抓狂。
Don't go postal. ···················· 60

別提這件事。
Don't go there. ··················· 92, 93

別這麼生氣。
Don't have a fit. ···················· 60

別為這件事心煩了。
Don't let it bug you. ·············· 202

別激動，冷靜下來。
Don't lose your cool. ·············· 59

別掃興。
Don't spoil it for everyone. ···· 140

別放心上。
Don't sweat it. ······················ 201

別班門弄斧。
Don't teach your grandmother
to suck eggs. ······················· 90

不會吧！
Don't tell me. ······················· 27
Not happening! ···················· 56
You don't say? ···················· 182

別浪費我的寶貴時間。
Don't waste my time. ············· 168

E

非常歡迎大家光臨。
Everyone's welcome. ·············· 14

F

今天下午3點前要完成這份報告。
Finish this report before
3:00 today. ·························· 15

休想！
Forget it! ···························· 56

G

懂了嗎？
Get it? ································· 194

真不敢相信！
Get out of town! ···················· 182

這是真的嗎？
Get out of town! ···················· 182

加油！
Go for it. ······························ 16

加油！
Good luck! ··························· 206

很高興見到你？
Good to see you. ··················· 10

你做得很好了。
Good try. ····························· 86

H

還在努力中。
Hanging there. ······················ 11

旅途愉快。
Have a nice trip. ···················· 24

玩得開心，但是別玩得太瘋。
Have fun, but not too much
fun. ·································· 24

你懂嗎？
Have I lost you? ···················· 194

他逼迫我這麼做。
He pressured me into it. ········· 132
He coerced me into it. ············ 132

我似乎被他說服了。
He talked me into it. ·············· 132

嗨。
Hi, there. ····························· 10

別慌張。
Hold your horses. ·················· 114
Take your time. ···················· 114

情況如何？
How are things? ···················· 10

最近好嗎？
How's it going? ····················· 10

派對規劃得如何了？
How's the party planning
coming? ···························· 19

I

閉著眼睛都做得到。
I can do that with my eyes closed. ⋯⋯⋯⋯⋯⋯⋯⋯ 128

不能放過我嗎？
I can't get a break! ⋯⋯⋯⋯⋯ 32

我無法想像。
I can't imagine it. ⋯⋯⋯⋯⋯⋯ 36

你想讓我一直等下去？
I can't stand here and burn daylight. ⋯⋯⋯⋯⋯⋯⋯⋯ 168

我再也受不了了。
I can't take this. ⋯⋯⋯⋯⋯⋯ 186

我已經忍無可忍了。
I can't take this. ⋯⋯⋯⋯⋯⋯ 186

感激不盡。
I can't thank you enough. ⋯⋯ 190

我的肚子好餓。
I could eat a horse. ⋯⋯⋯ 176, 177

我非常贊成。
I couldn't agree more. ⋯⋯⋯ 72, 73
I'm all for that. ⋯⋯⋯⋯⋯⋯⋯⋯ 73

無所謂。
I couldn't care less. ⋯⋯⋯⋯ 136

沒料到會這樣。
I didn't see that coming. ⋯⋯⋯ 51

我沒想到這一點（我輸了）。
I didn't think about that. ⋯⋯⋯ 52

現在連思考的時間都沒有。
I don't even have time to think right now. ⋯⋯⋯⋯⋯⋯⋯⋯ 124

饒了我吧！
I don't think it could get worse. ⋯⋯⋯⋯⋯⋯⋯⋯⋯⋯ 32

原來如此。
I get the picture. ⋯⋯⋯⋯⋯ 46, 47

我明白你的意思，但是⋯。
I get your point. ⋯⋯⋯⋯⋯⋯ 48

我無法冷靜下來。
I got the collywobbles. ⋯⋯⋯ 98

小事一件。
I got this! ⋯⋯⋯⋯⋯⋯⋯⋯⋯⋯ 40

遇到這種事情很討厭對吧！
I hate it when that happens. ⋯⋯ 36

我不想去做。
I have better things to do. ⋯⋯⋯⋯⋯⋯⋯⋯⋯⋯ 166, 167

忐忑不安。
I have butterflies in my stomach. ⋯⋯⋯⋯⋯⋯⋯ 96, 97

忙得不可開交。
I have too much on my plate. ⋯⋯⋯⋯⋯⋯⋯ 122, 123

我都瞭解（因為經歷過）。
I know all about that. ⋯⋯⋯⋯ 90

因為我相信你。
I know you won't let us down. ⋯⋯⋯⋯⋯⋯⋯⋯⋯ 206

我忘了我剛才在講什麼。
I lost my train of thought. ⋯⋯ 110

謝謝，我欠你一個人情。
I owe you one. ⋯⋯⋯⋯⋯ 188, 189

我真的沒有惡意。
I really didn't mean that. ⋯⋯⋯ 12

原來如此，我懂了。
I see what you mean. ⋯⋯⋯⋯ 48

我只是有點慌張。
I was a little flustered. ⋯⋯⋯ 98

我沒有那麼天真。
I wasn't born yesterday. ⋯ 146, 147

我想點餐。
I'd like to order now. ⋯⋯⋯⋯ 20

若您願意的話，我可以引導您。
If you'd like, I can show you the way. ⋯⋯⋯⋯⋯⋯⋯⋯⋯ 19

我的心與你同在。
I'll be with you in spirit. ⋯⋯⋯ 16

我會處理。
I'll handle it. ⋯⋯⋯⋯⋯⋯⋯⋯ 40

我愈來愈糊塗了。
I'm a bit confused. ⋯⋯⋯⋯⋯ 43

不好意思，因為我還有別的邀約。
I'm afraid I have another appointment. ⋯⋯⋯⋯⋯⋯⋯ 15

我有專心聽。
I'm all ears. ⋯⋯⋯⋯⋯⋯⋯ 68, 69
I hear you loud and clear. ⋯⋯⋯ 69
I'm listening. ⋯⋯⋯⋯⋯⋯⋯⋯ 70

現在無法抽身。
I'm all tied up now. ·············· 124

我非常開心。
I'm as pleased as punch. ········ 13

已經是極限了
I'm at the end of my rope.
······························ 184, 185

欣喜若狂！
I'm beside myself with joy! ···· 164

進退兩難。
I'm between a rock and a
hard place. ·························· 65

我陷入困境。
I'm bogged down. ···················· 66

因為工作而動彈不得。
I'm buried in work. ················ 123

我相信。
I'm convinced. ························ 74

還可以。
I'm doing okay. ······················ 11

我打算一字不漏地聽下去
I'm hanging on to your
every word. ···························· 70

我餓了。
I'm hungry. ···························· 178

幸福得無與倫比。
I'm in seventh heaven. ··········· 164

我完全不懂。
I'm in the dark. ······················ 44

我欠你一個人情。
I'm in your debt. ···················· 190

我只是開個玩笑而已。
I'm just playing with you. ········ 78

我只不過在戲弄你。
I'm just poking fun at you. ······· 78
I'm just teasing you. ··············· 78

我是開玩笑的。
I'm just pulling your leg. ····· 76, 77
I'm just yanking your chain. ····· 77

我現在很忙（怎麼辦呢）。
I'm kind of busy now. ············· 124

坐立難安。
I'm like a cat on a hot tin
roof. ···································· 97

我沒那麼笨。
I'm not that naive. ·················· 147

我開心到要飛上天了。
I'm on cloud nine. ··········· 162, 163

我這就去辦。
I'm on it. ······························ 198

我正在做。
I'm on it. ······························ 198

我已經受夠了。
I'm sick and tired of this. ······· 186

抱歉，請讓我婉拒這次的邀請。
I'm sorry, but I have to
decline this time. ····················· 15

我餓到快死掉。
I'm starving to death. ············· 178

我餓到受不了。
I'm starving. ·························· 178

飄飄欲仙。
I'm walking on air. ·················· 163

我非常清醒，請繼續說。
I'm wide awake. ······················ 70

我非常清醒，請繼續說。
I'm wide-awake. ······················ 70

你作夢！
In your dreams. ······················ 55

我沒興趣。
It doesn't float my boat. ·········· 102

我無法認同。
It doesn't make sense. ············· 48

我不感興趣。
It doesn't tickle my fancy. ······· 102

真的很高興（謝謝）。
It really means a lot to me. ···· 209

你真是幫了個大忙。
It was a big help. ···················· 12

易如反掌。
It's a piece of cake. ··············· 127

很榮幸能和你見面。
It's an honor to finally meet
you. ···································· 11

好久不見。
It's been a long time. ·············· 10

再簡單不過
It's child's play. ···················· 128

我要瘋了。
It's driving me crazy. ⋯⋯⋯⋯⋯ 13

無關緊要。
**It's neither here nor there
for me.** ⋯⋯⋯⋯⋯⋯⋯⋯⋯⋯ 135

很高興見到你。
It's nice to see you. ⋯⋯⋯⋯⋯ 11

我無所謂。
It's no skin off my back. ⋯ 134, 135

不費吹灰之力。
It's no sweat. ⋯⋯⋯⋯⋯ 126, 127

小事一件。
It's no sweat. ⋯⋯⋯⋯⋯ 126, 127

逐漸懂了。
It's starting to make sense. ⋯⋯ 47

我曾經做過。
I've been down that road. ⋯⋯ 89

我是過來人。
I've been there. ⋯⋯⋯⋯⋯ 88, 89

我嘴饞。
I've got the munchies. ⋯⋯⋯ 177
I'm peckish. ⋯⋯⋯⋯⋯⋯⋯ 178

我遇到瓶頸了。
I've hit a brick wall. ⋯⋯⋯ 64, 65
I'm at a dead end. ⋯⋯⋯⋯⋯ 66

我感到無比幸福。
I've never been happier. ⋯⋯⋯ 13
I'm on the top of the world. ⋯ 164

J

還過得去。
Just getting by. ⋯⋯⋯⋯⋯⋯ 11

相信我，試試看。
Just trust me and give it a try. ⋯ 14

K

今後也要讓我知道你的事情。
Keep me abreast of things. ⋯ 172

請經常與我聯絡。
**Keep me up to date on
everything.** ⋯⋯⋯⋯⋯⋯⋯ 172

保持冷靜。
Keep your shirt on. ⋯⋯⋯ 58, 59

忙嗎？
Keeping busy? ⋯⋯⋯⋯⋯⋯ 10

景氣如何？
Keeping busy? ⋯⋯⋯⋯⋯⋯ 10

L

包在我身上。
Leave it to me. ⋯⋯⋯⋯⋯ 38, 39

放下吧。
Let it go. ⋯⋯⋯⋯⋯⋯⋯⋯ 202

隨它去吧。
Let it slide. ⋯⋯⋯⋯⋯⋯ 200, 201

保持聯繫。
Let's keep in touch. ⋯⋯⋯ 170, 171

我們別斷了聯繫。
Let's not lose touch! ⋯⋯⋯⋯ 172

複雜的事情就別說了。
**Let's not open a can of
worms.** ⋯⋯⋯⋯⋯⋯⋯⋯⋯ 93

別再提了。
Let's not play with fire. ⋯⋯⋯ 94

好了好了。
Let's take it down a notch. ⋯⋯ 82

夠了夠了。
Let's take it down a notch. ⋯⋯ 82

哇，是你啊！
Look what the wind blew in! ⋯ 156

你真的做了。
Look what you did now. ⋯⋯⋯ 117
You really did it now. ⋯⋯⋯ 118

你看起來過得不錯。
**Looks like life's treating
you well.** ⋯⋯⋯⋯⋯⋯⋯⋯ 10

M

主管對我施加壓力。
**My boss put the screws to
me.** ⋯⋯⋯⋯⋯⋯⋯⋯⋯⋯ 131

主管強迫我的。
My boss twisted my arm.
⋯⋯⋯⋯⋯⋯⋯⋯⋯⋯ 130, 131

我心小鹿亂撞。
My heart skipped a beat. ⋯⋯⋯ 98

我妹妹是家裡的恥辱。
My sister is a disgrace. ⋯⋯⋯ 152

我妹是個糟糕的傢伙。
My sister is a loser. ⋯⋯⋯⋯ 152

我妹妹是家裡的害群之馬。
My sister is the black sheep of my family. ········ 150, 151

我妹妹被家族鄙棄。
My sister is the outcast of my family. ···························· 151

我妹妹是家裡的麻煩人物。
My sister is the troublemaker of my family. ····················· 152

我的肚子正在咕嚕咕嚕叫。
My stomach is growling. ········ 178

N

非常好。
Never been better. ················ 11

欸？！又來了？
Not again! ····················· 26, 27

還不錯。
Not bad. ······························ 11

騙人的吧？
Not happening! ····················· 56

不可能！
Not happening! ····················· 56

老樣子啊。
Not much. ···························· 11

馬馬虎虎。
Not much. ···························· 11

這不是我的菜。
Not my cup of tea. ········ 100, 101

普普通通。
Not too bad. ························ 11

O

又來了～。
Oh, stop it! ·························· 82

P

非常抱歉。
Please accept my apology. ······ 12

請往這邊走。
Please come this way. ············· 19

S

和平常一樣。
Same as always. ···················· 11

我瞭解了。
Say no more. ················ 196, 197

真的假的？
Seriously? ···························· 28

今晚要不要到外面吃？
Shall we eat out tonight? ········ 14

加油！
Show them what you've got. ························· 204, 205
Chin up! ·························· 205

説曹操曹操就到。
Speak of the devil. ········· 154, 155

保重。
Stay out of trouble. ·········· 22, 23
Be good. ··························· 23

T

路上小心。
Take care. ···························· 24

保重。
Take care. ···························· 24

謝謝你對我的幫助。
Thank you for helping me out. ··· 12

萬分感謝。
Thanks a million. ················· 190

謝謝你的支持。
Thanks for being there. ········· 210

謝謝你鼓勵我。
Thanks for pepping me up. ···· 210

謝謝你的鼓勵。
Thanks for the pat on the back. ························· 208, 209

謝謝，我真的很高興！
Thanks, I needed that! ··········· 210

令人厭惡。
That disgusts me. ·················· 13

所言甚是。
That makes sense. ················· 48

糟透了。
That sucks. ·························· 35

只差一點。
That was close. ··············· 84, 85

壓垮駱駝的最後一根稻草。
That was the last straw. ········· 185

我沒有問題。
That would be fine with me. ···· 18

不可能！
That'll be a cold day in hell. ··· 54, 55

這真是一場災難。
That's a stroke of bad luck. ····· 36

任何人都做得到。
That's a walk in the park. ······· 128

超簡單的！
That's a walk in the park. ······· 128

夠了。
That's enough. ····························· 81

完全正確。
That's exactly right. ··············· 144

不合理。
That's impossible! ···················· 56

這不可能。
That's impossible. ··················· 56

不適合我。
That's not for me. ··················· 102

我對這件事沒興趣。
That's not my thing. ··············· 101

這樣有點失禮。
That's not very nice. ··············· 148

先別討論這個話題吧！
That's off topic. ····················· 94

這是你的問題。
That's on you. ······················· 17

愈來愈不懂了。
That's over my head. ··············· 44

真了不起。
That's really something! ·········· 16
Big deal. ······························· 136

這是致命一擊。
That's the final blow. ·············· 186

這種事情我完全不在意。
That's the least of my worries.
····································· 136

討論陷入瓶頸。
The talks came to a standstill.
······································· 66

這是開玩笑的吧？
This is a joke, right? ············· 28

這是我的責任。
This is my baby. ························· 39

真倒楣啊。
This is not my day. ··················· 32

這是不被允許的事情。
This is not permissible. ·········· 17

這是敝公司推薦的商品。
This is what we recommend. ··· 14

U

明白了。
Understood. ··························· 18

W

做得好。
Way to go! ····························· 16

最好別再提了。
We better not touch that. ········ 94

我們剛好提到你。
We were just talking about
you. ··································· 156

咦，該不會是～吧？
Well, if it isn't？！ ················· 155

欸，真想不到！
Well, I'll be a monkey's uncle!
······································· 182

哇，太驚訝了。
Well, I'll be. ························· 181

哇！看看誰來了！
Well, look who's here! ··········· 156

真會給人添麻煩。
Well, thank you very much. ···· 118

我也有過那種經驗。
We're in the same boat. ········· 90

真麻煩。
What a drag. ························· 167

怎麼會這樣！
What a tragedy! ················· 34, 35

我該怎麼辦？
What do I do now? ··············· 52

哇，真厲害！
What do you know？！ ······ 180, 181

最近過得如何？
What have you been up to? ····· 10

又怎麼了？
What now? 31

順其自然。
Whatever will be, will be. 202

你在煩惱什麼？
What's eating you? 104, 105

怎麼了？
What's eating you? 104, 105
What's bugging you? 106

有什麼新鮮事嗎？
What's new? 10

再來呢？
What's next? 30, 31

旅行安排得如何？
Where are we at with the
itinerary? 19

我們講到哪裡了？
Where were we? 108, 109
What were we talking
about? 110

什麼事這麼著急？
Where's the fire? 112, 113
Who set your pants on fire? ... 113
What's the rush? 114

是誰潑你冷水？
Who burst your bubble? 106

因何生氣？
Who rained on your parade? 105

有人想看電影嗎？
Who wants to see a movie? ... 160

為什麼你沒有遵守約定？
Why didn't you keep your
word? 17

為什麼愁眉苦臉？
Why the long face? 106

可以邀請你看場電影嗎？
Would you care to see a
movie? 160

Y

真可惜！
You almost made it! 86

你可以放心依靠我。
You can count on me. 40

你一定做得到。
You can do it. 206

瞭解！
You got it. 197
It's done! 198

真是一針見血。
You hit the nail right on
the head. 142, 143

完全正確！
You hit the nail right on
the head. 142, 143
You got it! 144

就差那麼一點點了。
You missed by an inch. 86

你真不應該那樣做。
You shouldn't have done that. ... 17

可以稍微重複一下嗎？
You were saying? 110

請繼續。
You were saying? 110

你的業績值得慶祝一下。
Your achievement calls for
a celebration. 20

悉聽遵命。
Your wish is my command. 198

你說得完全正確。
You're absolutely right. 144

你太過分了。
You're going too far. 82

得救了，謝謝。
You're the best. 189

你太過分了。
You're too much. 80, 81

我輸了。
You've got me. 50, 51
You win. 52

我投你一票。
You've got my vote. 74

我很贊成。
You've got my vote. 74

你把我弄糊塗了。
You've lost me. 42, 43

漫畫圖解英語通--美國人常用英文會話超速成！

作　　者：David Thayne
譯　　者：吳嘉芳
企劃編輯：王建賀
文字編輯：詹祐甯
設計裝幀：張寶莉
發 行 人：廖文良

發 行 所：碁峰資訊股份有限公司
地　　址：台北市南港區三重路 66 號 7 樓之 6
電　　話：(02)2788-2408
傳　　真：(02)8192-4433
網　　站：www.gotop.com.tw
書　　號：ALE002400
版　　次：2018 年 10 月初版
建議售價：NT$280

讀者服務

- 感謝您購買碁峰圖書，如果您對本書的內容或表達上有不清楚的地方或其他建議，請至碁峰網站：「聯絡我們」\「圖書問題」留下您所購買之書籍及問題。(請註明購買書籍之書號及書名，以及問題頁數，以便能儘快為您處理)
http://www.gotop.com.tw

- 售後服務僅限書籍本身內容，若是軟、硬體問題，請您直接與軟、硬體廠商聯絡。

- 若於購買書籍後發現有破損、缺頁、裝訂錯誤之問題，請直接將書寄回更換，並註明您的姓名、連絡電話及地址，將有專人與您連絡補寄商品。

- 歡迎至碁峰購物網
http://shopping.gotop.com.tw
選購所需產品。

國家圖書館出版品預行編目資料

漫畫圖解英語通：美國人常用英文會話
超速成！/ David Thayne 原著；吳嘉
芳譯. -- 初版. -- 臺北市：碁峰資訊,
2018.10
　　面；　　公分
ISBN 978-986-476-922-3(平裝)
1.英語 2.慣用語 3.會話 4.漫畫
805.123　　　　　　　107015778